© 2022, Nika Damerau
Herstellung und Verlag: BoD – Books on Demand, Norderstedt
ISBN: 9783756857388

MAGISCHE
UND
ANDERE MOMENTE

Längere und kürzere Erzählungen

von
Nika Damerau

Die Autorin

Nika Damerau, aufgewachsen in Schleswig-Holstein, Deutschland, studierte Germanistik und Pädagogik an der Universität Hamburg.

Zunächst arbeitete sie als Lehrerin, später als Mutter und Hausfrau, Fotografin, Autorin, Geschäftsfrau, Event Managerin und Yogalehrerin.

Nach dem Tod ihres Ehepartners war sie überwiegend als Nachhilfelehrerin beschäftigt. Diese Tätigkeit endete mit der Corona Pandemie.

1990 veröffentlichte sie ihr Gedichtband mit dem Titel

„SO NAH…SO FERN".

Weitere Gedichte und Fotos erscheinen auf der Website sonah-sofern.de

Für meine Söhne Jan und Malte

und für meine Enkel

Kim-Lennox,
Fiete und Enno

Danke für euer Hiersein und für eure Liebe

VORWORT

Im Winter 2019/2020 verließen innerhalb von acht Wochen vier von mir sehr geliebte Menschen diese Welt. Sie hinterließen eine schmerzliche Lücke in meinem Leben.
Im März 2020 kam die Pandemie.
Damit veränderte sich unser aller Leben dramatisch und unwiederbringlich.
Wie viele tausende Menschen musste auch ich meinen Job aufgeben und in einer Art Isolation leben.
Besonders die Wintermonate 2020/2021 ließen das Gefühl von Abgeschiedenheit, von Alleinsein und von Weggesperrtsein in einem komfortablen Umfeld aufkommen.
In diesem Zurückgeworfensein auf mich selbst verkehrte sich meine Wirklichkeit - so wie ich sie kannte - manches Mal in eine gefühlte Unwirklichkeit.
Existierten die Dinge, die außerhalb meiner Mauern lagen, überhaupt noch?
Gleichzeitig nahm ich die Begebenheiten im Alltag und die kleinen Dinge in meiner
Umgebung bewusster und intensiver wahr. Auch die einzelnen Momente wurden intensiver und bewusster erlebt.
Die Gegenwart war das Leben.

Nach der Renovierung meiner Wohnung begann ich mit der Überarbeitung meiner unvollendeten Textentwürfe. Auch entstanden neue Texte.

Meine Erzählungen und Gedichte setzen sich zusammen aus einer Summe von Augenblicken bestehend aus physischen Realitäten, Ereignissen, Gedanken, Gefühlen, Wahrnehmungen, Erfahrungen und Erinnerungen.

Sie versuchen, die Verbundenheit von Menschen und von Ereignissen aufzuzeigen und Einblicke in eine äußere und in eine innere Welt zu vermitteln.

Das Unsichtbare hinter dem Sichtbaren zu erfassen, ist mein Anliegen.

Ich wünsche meinen Leserinnen und Lesern inspirierende Einblicke und Freude beim Lesen.

Inhaltsangabe

ANGEBOT EINER VERSÖHNUNG

Eine wahre Begebenheit

Bretagne, abseits der Städte, gen Westen, wo der Nebel über dem Land lag und die Stille sich über die Weite senkte, wo der Salzgeruch des Meeres bis in die Häuser drang, wo Vergangenheit stillstand und mit der Gegenwart verschmolz.

Bretagne im Spätherbst, als die Calvarien begannen, ihre Geschichten erneut zu erzählen, weil alles Erzählte wieder lebendig werden konnte in der Einsamkeit eines frühen Morgens.

Hier suchte ich Menschenstimmen bei einem „Grand Noir" in einer dieser französischen Bars, die schon geöffnet waren.

Draußen blieben die Stühle und Tische jetzt unbesetzt, drinnen musterten mich neugierige bis gleichgültige Augen. Einige ältere Herren in ausgetragenen Jacken hatten sich bereits zum Schauen und Reden eingefunden, sie wunderten sich über mein Erscheinen am frühen Morgen in dieser Ecke des Landes außerhalb der Ferienzeit.

„D´ou venez-vous?"

„D´Allemagne", antwortete ich.

„Ah, d´Allmagne… Woher aus Deutschland kommen Sie?", fragte mich eine brüchige Stimme.

Eine zittrige, sehr alte Hand zog den zweiten Stuhl von meinem Tisch zur Seite und ein sehr alter, hagerer Herr fragte höflich: „Permettez-moi, s´il vous plait.?Erlauben Sie, bitte?"

„Sie müssen wissen, ich habe gesprochen kein Deutsch mehr lange Zeit", sagte er.

Einige Augenpaare im Raum zwinkerten mir wohlwollend zu, einige Gesichter setzten eine leicht bedenkliche Miene auf, dazu kam eine abwertende Handbewegung. Es schien so, als ob ich gewarnt werden sollte oder als ob man sich für etwas entschuldigen wollte, einige zuckten unmerklich mit den Achseln, aber sie konnten das, was kam, nicht aufhalten.

Denn mein Gegenüber nahm diese Gesten nicht wahr, zwei hellblaue Augen, die jedoch hoffnungslos erloschen zurückschauten, fixierten mich.

Eine sehr dünne, sehr zerbrechliche Gestalt mit schmalen Händen und feingliedrigen Fingern steckte in dem ehemals feinen Garn einer schwarzen Jacke und in einem weiß gestärkten Hemd.

Dünnes, silbergraues Haar fiel leicht in die Stirn, wettergebräunte Gesichtsfarbe verbarg die Müdigkeit des Alters kaum.

Fast fahrig strich der alte Herr das Haar zurück, griff nach dem Rotweinglas, das der Patron auf den Tisch gestellt hatte, und setzte sich an meinen Tisch.

„Ich vergesse nicht diese eine Geschichte", sagte er.

„Ich bin so alt... ich machte mit zwei dieser Weltkriege.

Im zweiten Krieg ich musste notlanden in Deutschland.

Ein Kriegsgefangener in Deutschland.

Ich kann mich nicht beschweren über die Deutschen, die ich traf. Ich kann mich nicht beschweren.

Aber zwei Kriege, das ist viel...das ist viel."

Seine Stimme klang zuerst so, als wollte er eine Begebenheit aus seinem eigenen Leben erzählen, versank dann aber in Tonlosigkeit und brach ab.

Seine Lider senkten sich über das Blau seiner Augen und verhinderten, dass der erinnerte Schmerz an die Oberfläche stieg.

Es schien so, als wollte und konnte er es nicht zulassen, sich an seine eigene Geschichte zu erinnern. Denn er nahm einen Schluck aus dem Rotweinglas, räusperte sich und erinnerte sich stattdessen an die Geschichte eines deutschen Soldaten.

„Da war ein junger deutscher Soldat", begann er.

„Der Vater dieses Soldaten war ausgewandert nach Amerika schon lange vor dem Krieg. Aber in einem nicht günstigen Moment der junge Mann besuchte seine Verwandten in Deutschland.

Ein nicht günstiger Moment des Kriegsausbruchs.

Man erlaubte ihm nicht, nach Amerika zurückzugehen.

Man schickte ihn an die Front. Er musste kämpfen gegen seine Leute aus Amerika.

Er wusste, sein Vater und sein Bruder kämpften auf der anderen Seite. Aber er musste schießen und töten für die Deutschen.

Am Ende des Krieges die Alliierten machten ihn zum Kriegsgefangenen.

Da erfuhr er, sein Vater hatte verloren das Leben an der Front.

Noch in den letzten Tagen.   In den letzten Kriegstagen. Comprenez vous? Verstehen Sie?"

Der Cafe noir stand noch unberührt vor mir auf dem Tisch. Der Nebel hatte sich inzwischen in Regen verwandelt, Wind schlug jetzt gegen die Fensterscheibe.

Doch das Blau seiner Augen war hilflos auf mich gerichtet und der Blick erinnerte mich plötzlich an meinen Großvater.

Zwei Kriege hatte auch er überstanden.

Als junger Soldat lag er in den Schützengräben der Normandie, als Vater von vier Kindern diente er erneut an der Westfront und kam in die französische Kriegsgefangenschaft.

Schweigend buk er später Brote und andere Backwaren in seiner Bäckerei. Manchmal starrte er einfach nur ins Leere. Mit blauen Augen.

Dann wiederum nannte er mich „ma petite fille" und drückte mir lächelnd ein Stück frisch gebackenen Kuchen in die Hand.

„Et voila", sagte nun der alte französische Herr und nahm einen weiteren Schluck Rotwein zu sich.

„Sie haben keinen Krieg erlebt, n`est-ce pas?

Ich habe zwei Kriege erlebt. Zwei Kriege.

Zwei Mal neu beginnen müssen… et maintenant…

und jetzt…"

Seine Augen schauten kurz nach innen, zitternd strich er sich mit dem Handrücken über die Stirn, dann glitt sein Blick unmittelbar zu mir zurück, und er nahm mich wieder wahr inmitten dieser Menschen in dieser kleinen Bar am Ende der Bretagne.

Unsere Blicke trafen sich erneut und wir schauten uns wortlos in die Augen. In einem Moment tiefer Verbundenheit. So entdeckten wir unsere versteckten Tränen.

Die Tränen des nun alten Soldaten über das unvergangene Leid aus den Kriegen und dem darin versteckten, nicht enden wollenden Schmerz.

Und meine Tränen des hilflosen Verstehenwollens und des unausgedrückten Verstehens.

„Bon", sagte er, erhob sich vom Stuhl und trat einen Schritt auf mich zu. Auch ich stand auf und trat einen Schritt auf ihn zu.

Er reichte mir nun seine alte Hand und sagte fast feierlich:

„Bon, wir müssen vergeben. Wir müssen vergeben für die Zukunft."

Mir blieb nur ein wortloses Nicken, zu groß war diese Geste.

Aber ich spürte, wie mir die Chance gegeben wurde, anstelle meiner Väter und Großväter seine Vergebung entgegenzunehmen und seiner Versöhnung zuzustimmen.

Ich reichte ihm meine Hand. Stille.

Hinter seinem Rücken zuckten andere mit den Achseln und blickten entschuldigend drein.

DER KINDERWEG

Der Weg zum Bäcker führt immer geradeaus entlang einer befahrenen Straße, vorbei an grauen Fabrikgebäuden und eingezäunten Baustellen, vorbei an Ausfahrten für LKWs und Einfahrten für Lieferanten, vorbei an asphaltierten Parkplätzen und Hinweisschildern für das Einkaufszentrum bis zur Abfahrt auf der linken Seite, die zur Dorfmitte führt.

Erwachsene fahren diese Strecke kurzerhand mit dem Auto, die beiden Kinder kennen eine Abkürzung.

Nach den letzten Häusern der Neubausiedlung biegen sie gleich nach links, hinein in das noch taufrische Gras.

Es reicht bis zu den Knien, glänzt in der morgendlichen Sonne und streicht kühlend über die Haut.

Die kleine Hand des einen Kindes streift im Vorbeigehen frische Grasähren von den Halmen und pflückt eine rosa Kleeblüte oder eine Margerite.

„Wir bekommen nasse Füße, aber nicht sehr nasse Füße", sagt es.

„Und dieser schöne Stein! Wie der glitzert!", sagt das andere Kind, nimmt ihn vom Boden, steckt ihn in die Hosentasche und hüpft davon den Hang hinauf.

Von Weitem erkennen die Kinder, dass viele Fensterläden der Häuser im Dorf heute am frühen

Morgen noch geschlossen sind. Ein Fahrrad lehnt auf dem Balkon, Wäsche von gestern hängt träge an einer Leine im Vorgarten. Ein alter Hund kommt ihnen entgegen.

„Komm her! Nun komm, du guter Hund!"

„Wenn du mit uns kommst", versprechen die Kinder, „gibt es ein wenig Frühstück für dich."

Aber der alte Hund schnuppert nur leicht an den hingehaltenen Handflächen und lässt sich kurz über das Fell streichen, denn er hat seinen eigenen Weg.

„Das war Maxi. Er begegnet uns oft. Er kennt uns und ist ein guter Hund. Ein sehr lieber Hund", sagen die Kinder sich gegenseitig, denn er ist ein großer Hund.

Sie springen über einen dicken, am Boden liegenden Baumstamm, laufen eine Böschung hinunter zum fließenden Wasser eines Baches. Eisig gleitet es über flache Steine, schnell am Ufergras vorbei.

„Wie das sprudelt!", sagt das jüngere Kind verwundert, und sie schauen dem Wasser zu, wie es springt und kreist und weiter zieht, wobei es leise gurgelnde Laute macht.

„Das Wasser ist richtig kalt, es kommt vom Berg und fließt noch weit zum großen Fluss", sagt das ältere Kind.

Nun führt eine Brücke über den Bach hinweg zur ersten engen Gasse. Es geht weiter bergauf und um die Ecke des nächsten Hauses, wo ein schmaler Weg zwischen hohen Gartenmauern aus Feldsteinen weiter ansteigt.

Hinter den Mauern verborgen liegen alte Gärten.

„Lass uns mal in einen Garten hingehen und nachschauen, was es dort Besonderes gibt", schlägt ein Kind vor.

„Ja, vielleicht etwas Geheimnisvolles", meint das andere neugierig.

Aber die Holztüren zu den Gärten lassen sich nicht öffnen, obwohl die Kinder sich kraftvoll dagegen lehnen oder vorsichtig eine rostige Türklinke hinunter drücken.

„Vielleicht haben wir Glück und eine Tür geht auf", hoffen die Kinder und greifen im Vorbeigehen in die über die Mauer hängenden Zweige eines Kirschbaumes. Die Kirschen sind jedoch nicht reif und ziemlich sauer, so dass sie wieder ausgespuckt werden.

„Hier!", ruft ein Kind. „Dieses Tor steht offen, wir können ja mal nachsehen, was es dort drinnen gibt."

Ein verwilderter Garten mit knorrigen Bäumen und verwachsenen Sträuchern tat sich vor ihren Augen auf. Eine vergessene Schaukel bewegt sich leise am Ast eines alten Apfelbaumes.

Das jüngere Kind hüpft durch das Dickicht und schon schaukelt es in den Morgen hinein.

Danach übernimmt das ältere Kind die Schaukel und mit seinem Schwung schaukelt es hinweg über die Mauer bis zu den Bergen am Horizont.

Aber ein Rascheln hinter den Rosenhecken lässt es von der Schaukel abspringen, es fällt auf seine Knie, springt aber sofort auf, und schnell rennen beide Kinder wieder zum Tor hinaus, ohne sich nochmals umzuschauen.

Wieder auf dem Weg lachen sie und versichern sich gegenseitig, dass es eine Katze gewesen sei, die von einem Baum ins Gras gesprungen sei und dabei dieses Rascheln verursacht habe.

„Ganz bestimmt eine Katze,"

„Oder doch ein Hund?"

„Nein, eine streunende Katze", sagt das ältere Kind in einem überzeugten Tonfall.

Treppen lassen es weiter bergan gehen, die Kinder machen nun lange Schritte, um zwei Stufen auf einmal zu nehmen.

Efeu wächst am Wegesrand, es duftet nach frischem Grün und dann plötzlich weht ihnen der Geruch von frischem Brot entgegen.

„Wir sind gleich da", sagen sich die Kinder gegenseitig und zeigen auf die andere Straßenseite.

Sie beginnen zu laufen, klettern über eine rotweiße Straßenabsperrung, begutachten noch schnell das dort abgestellte Motorrad, rennen auf die andere Straßenseite, winken dem Fahrer der schweren

Maschine noch einmal zu und verschwinden im Bäckerladen.

„Guten Morgen, was möchtet ihr denn?", fragt die Bäckerin.

„Zehn verschiedene Brötchen, bitte."

„Und ein Brot mit brauner Kruste, bitte."

Die Wörter kommen etwas atemlos aus den Kindermündern, werden aber begleitet von einem fröhlichen Lachen und blitzenden Augen.

Als sie die Tüten mit den noch warmen Backwaren gereicht bekommen, greift sich jedes Kind ein frisches Brötchen und beißt hinein.

ZEIT UND ZEITLOSIGKEIT

Time and Timelessness

So war sie immer, im Hintergrund bleibend, in ihrer Fröhlichkeit nicht erkennbar, das Land der Väter mit der Seele suchend, erkannt von jenen, die einen Blick dafür hatten, von anderen missverstanden.

An ihr haftete eine Suche nach Transzendenz, sie stand nicht mit beiden Füßen auf dem Boden. Er rutschte immer wieder weg, oder sie spürte ihn nicht, so sehr sie sich auch bemühte.

Aber sie wollte den Boden spüren, sie liebte die Erde, den Geruch der dunklen und feuchten Erde, das gab ihr ein Gefühl von Sicherheit und Zugehörigkeit.

Darum setzte sie Blumenzwiebeln für den Frühling in den festen, kalt schimmernden Boden.

Ihr Kind sollte hier auf diesem Stückchen Land im Norden aufwachsen. Diese Erde gehörte zu ihrem Kind. Mit Gummistiefeln lief es durch die dicken Furchen des frisch umgepflügten Feldes, Lehmklumpen blieben an den Stiefeln haften und Abdrücke seiner leichten Schritte blieben zurück auf dem Boden. Es überquerte den Acker, um zur alten Eiche am anderen Ende zu gelangen. Herbstlicher, feuchter Nebel hinderte nicht seinen Lauf, es kletterte hinauf zum ersten dicken Ast.

Krähen flogen auf im November.

Morgens fuhr sie das Kind mit dem Auto zum Kindergarten in die Stadt, vorbei an Wiesen und Feldern, die sich weit bis zum Rand eines Waldes erstreckten und jetzt im sanften Novembernebel lagen.

Wäre sie Fotografin, hätte sie diese Gegenwart als Bild festgehalten, um es als immer gegenwärtig an der Zimmerwand hängen zu haben. Doch sie hatte keine Ahnung vom Fotografieren, und sie war sich auch nicht sicher, ob dieses Bild wirklich so vor ihren Augen lag oder ob es nur eine Wahrnehmung von dem war, was sich in ihrem Innern zeigte und sich draußen widerspiegelte.

Nach der nächsten Rechtskurve erreichte sie die kleine Stadt. Kinder waren auf dem Weg zur Schule, erste Läden hatten geöffnet, parkende Autos und eine Ampel am Ende der Straße verhinderten das zügige Vorankommen.

Wie immer zeigte das Kind Ungeduld und begann auf dem Autositz unruhig hin und her zu rutschen, denn es bestand darauf, pünktlich mit den anderen im Kindergarten anzukommen.

Wie immer fiel es ihr schwer, die morgendliche Zeit nicht einfach so vorbeilaufen zu lassen, sondern sie in Zeitsegmente einteilen zu müssen und diese mit bestimmten Tätigkeiten und Aufgaben zu füllen.

Am Feldrand anzuhalten und den sanften Morgen einzuatmen, um ihn den ganzen Tag zu erinnern, gehörte nicht in diesen Zeitplan. Denn sie musste pünktlich mit dem Kind die Stufen zum Gebäude hinauf hasten, um es an die lautstarke Kindergruppe abzugeben.

Nachdem sie ihr winkendes Kind zwischen den anderen zurückgelassen hatte, begann ein von selbst ablaufendes Vormittagsprogramm.

Auf dem Rückweg erledigte sie schnell einige Einkäufe. Zu Hause noch mit den Taschen in den Händen warf sie einen kurzen Blick in den Spiegel am Eingang der Diele, feststellend, dass sie bereits müde wirkte. Sofort stellte sie die Taschen ab, um die Küchentür zum Garten zu öffnen, damit sich die kalte Luft auf ihre Wangen legen konnte.

Der Morgen erschien ihr plötzlich leer, das Frühstücksgeschirr starrte sie an, die mit Schokolade befleckten Kinderhemden lähmten ihre Aktivität.

Draußen setzten sich mit Hilfe einzelner Sonnenstrahlen kräftige Farben auf restliche Blätter.

Gern stand sie nur so regungslos da und ließ sich von der Flut der Blätterfarben in stille Gedankenlosigkeit gleiten.Weite Räume taten sich vor ihr auf. Aufmerksam lauschte sie dieser Stille und fiel in eine Art Zeitlosigkeit, bis ein Windstoß die Blätterfarben veränderte und sie zum Schokoladenhemd und dem Alltag zurückfinden ließ.

Dazwischen klingelte das Telefon, es war nicht die Zusage vom Bauamt, auf die sie wartete, es war die Benachrichtigung, dass die bestellten Wollknäuel im Wollladen der Stadt eingetroffen seien.

Sie hatte versucht, dem Glück einen Weg zu bahnen, indem sie in einem von Natur umgebenes Haus wohnte, das Platz, Licht, Geborgenheit sowie Möglichkeiten bot.

Hier konnte sich das Kind entfalten, es konnte spielen, singen, malen, träumen, toben, hinauslaufen, rennen, herumwirbeln, erkunden, ausprobieren.

Zudem gab es ein Zimmer, in dem sie ihre Ideen vom Leben und der Welt unterbringen wollte, bunt zusammengewürfelt und unsortiert befanden sie sich in Form von Zeichnungen, Bastelarbeiten, Entwürfen und Büchern in den Regalen.

Allerdings lagen jetzt überall Wollknäuel, die sie zusammengetragen hatte, und die darauf warteten zu irgendwelchen Wollprodukten zusammengestrickt zu werden.

Sie war diejenige, die in den Farben der Wolle nach einem Ganzen suchte und diese hineinstrickte in die Mustergebilde ihrer Phantasie.

Nach Ausdruck suchend, ihrem Dasein eine Form abgewinnend, verbrachte sie viele Stunden auf dem Boden sitzend vor den mit Wolle gefüllten Kartons.

Ihre Hände ließen den Faden, der sich ihrer Vorstellung fügen sollte, in das Muster hineingleiten.

Gleichmäßig formten sich die Fäden zu Farbgestalten. Unablässig drangen neue Farbkombinationen vor ihren Augen auf, ließen sich ablesen und einstricken in eigenwillige Kleidungsstücke. So konnte sie ihre Vorstellungen sichtbar um ihren Körper legen und diejenige widerspiegeln, die sich aus unendlich vielen Momenten, Wahrnehmungen und Erlebnissen, Licht und Schatten zusammensetzte.

Mit ihrem Kind an der Hand, erzählend und lachend, ging sie nachmittags zum Wollgeschäft der kleinen Stadt.

Das Zentrum dieser Stadt war eine lange Straße mit Parkplätzen unter alten Bäumen an den Seiten, sie führte zu einem kleinen Marktplatz, vorbei an kleinen, alten Bürgerhäusern, deren Eingänge von Rosensträuchern umrahmt waren, und kleinen Läden, die zum Schauen und Kaufen einluden. Dazwischen zwängten sich einige neue Betonbauten, die den Schritt verlangsamten und die Straße zu lang werden ließen, um sie bis zum Ende zu gehen.

„Essen wir ein Eis?"

„Ist das ein Porsche?"

„Dort gibt es mein Lieblingseis!"

„Oh, da geht aber eine sehr alte Frau."

Das Kind redete ununterbrochen über alles, was es wahrnahm in einem leichten, flatterhaften Tonfall.

Sie hörte zu, betrachtete die Eisdiele, den schwarzen Sportwagen, die alte Frau.

Dabei fiel ihr Blick auf eine Tankstelle, die sich zwei Häuser weiter neben dem Wollladen befand.

Meistens standen Autos vor den Zapfsäulen, denn für die Bewohner dieser Stadt war es bequem, hier zu tanken, das Auto in die Waschanlage zu stellen, Reparaturen ausführen zu lassen oder Zubehörteile zu besorgen und zu bestellen.

Vor dem Eingang des Kassenraums stapelten sich Kisten mit verschiedenen Getränken, lagen einige Reifen zwischen Kisten mit Angeboten von Frostschutzmitteln und Motorölen. Neben einer Eistruhe   befanden sich ein Ständer mit Straßenkarten und zwei Eimer mit meist welken Blumensträußen.

Im Kassenraum selbst las eine leicht füllige Frau die Benzinliter von der Zapfsäule ab und kassierte den entsprechenden Geldbetrag, während der Besitzer selbst in seiner lässigen und gleichzeitig wichtigen Art nach dem Rechten schaute und mit den Leuten redete.

Und diese lässige Art und Weise hatte sie sofort an ihm gemocht, als sie das erste Mal hierher zum Tanken gefahren war.

An jenem Tag, als sie hier zum ersten Mal an der Zapfsäule hielt, war sie nur widerstrebend, auf den

Platz gefahren. Aber das Auto benötigte dringend Benzin, und sie stand unter Zeitdruck.

Ihrer Meinung nach gehörte diese Tankstelle in der Einkaufsstraße zu den besonders störenden und hässlichen Gegebenheiten. Ihre Existenzberechtigung bestand eher darin, eine Art Treffpunkt für die Einwohner zu sein, um sich über die neuesten Geschehnisse, Entwicklungen, Geschäfte auszutauschen. Bei einer aufgestellten Motorhaube fanden sich schnell einige Männer aller Altersgruppen ein, um zu fachsimpeln. Frauen bevorzugten das Gespräch an der Kasse, da sich hier die wichtigsten Informationen sammelten.

Als sie an jenem Tag vor der Zapfsäule stand, gab es glücklicherweise keine Männerunterhaltungen vor irgendeiner Motorhaube. Der Platz schien leergefegt zu sein, aber dadurch wirkte er noch schäbiger.

Sie kannte alle Handgriffe eines Tankvorganges, der Tank füllte sich langsam.

Währenddessen hatte sie die Gelegenheit, ihre Augen umherschweifen zu lassen, bis sie auf die mit Öl verschmierten Hände des Besitzers fielen, die am Nebenwagen hantierten und an irgendwelchen Schrauben drehten.

Dann folgten die ruhigen Worte: „Das war's."

Seine Hände griffen nach einem Lappen, um sich damit die Ölflecken grob abzuwischen. Es waren große und kraftvolle Hände mit ausgeprägten Handballen.

In dem Moment war der Tank ihres Autos gefüllt, aber bevor sie den Benzinfluss unterbrechen konnte, schoss überflüssiges Benzin über den Rand der Tankfüllung hinaus auf den Betonboden.

Erschrocken zog sie den Zapfhahn zurück, als sich plötzlich ein kräftiger Arm in ihr Blickfeld drängte, ihrem Körper so nah, dass sich die Kraft auf sie übertrug.

Seine sichere Hand nahm ihr den Rest des Tankvorganges ab, und seine Augen unter zusammengekniffenen Brauen, in denen nichts zu erkennen war, trafen kurz auf die ihren.

Dennoch war sie erschüttert. Mechanisch erledigte sie die Bezahlung und spürte diese Kraft, die sich auf ihre Haut gelegt hatte, ins Innere wachsen.

An diese Begegnung musste sie jetzt auf dem Weg zum Wollladen denken.

Der Besitzer der Tankstelle war ein unfreundlicher, aber stolzer Mann, unabhängig, waghalsig, eigensinnig, ein Pionier aus früheren Zeiten oder ein Abenteurer auf einer Reise um die Welt.

Er war für die Wildnis bestimmt, sollte Gold suchen, sich durch Schnee und Eis der Arktis kämpfen, den Urwald retten.

Seine Unerschrockenheit und seine Kraft hätten ihn ums Überleben für sich und andere kämpfen lassen können.

Aber das gemächliche Leben in einer Kleinstadt schien ihn zu lähmen.

Soviel Kraft lag da ungenutzt auf seinem Arm.

Er war nicht das Bild eines Abenteurers, er war ein Abenteurer. Und obwohl er wusste, dass er so war, im Innersten seines Seins, konnte er nicht leben, was er war, weil solche Zeiten vorbei waren oder   weil ihn das Leben daran gehindert hatte.

Plötzlich rief das Kind: „Da! Der Porsche!"

Schon riss es sich von ihrer Hand los, rannte auf den Platz der Tankstelle, wo der Sportwagen inzwischen abgestellt worden war. Sie lief ihm nach, und als sie das Kind erreichte, presste es schon neugierig die Nase gegen das Fahrerfenster.

Ein heftiger Novemberregen setzte ohne Vorwarnung ein, schnell suchte sie mit dem Kind Schutz unter einem kleinen, noch ausgefahrenen Sonnendach der Tankstelle.

Eine Männergestalt tauchte vor der Regenkulisse auf. Große Schritte näherten sich ihr. Schwarz blitzende Augen unter zusammengekniffenen Brauen trafen auf die ihren. Kräftige Hände strichen kurz durch das dunkle, nasse Haar.

Dann stand sie mit ihm hinter einem Vorhang von Regen draußen unter dem Sonnenschutz.

Das Kind tanzte um sie herum.

Es leuchteten Dosen mit Getriebeöl, Flaschen mit Glasreiniger, türkis, blau, dazwischen Winterastern, rostrot, gelb, Ersatzreifen, schwarz, grau, Reklameschilder, grell, Heidekraut, violett, flammend.

Über ihnen hing das Dach aus verblichenem roten Tuch.

Darauf schlugen dicke Tropfen einen schnellen und gleichmäßigen Rhythmus, bevor sie hinunterliefen und einen dünnen, weißen Vorhang bildeten, der alles in sanftes Licht tauchte.

So standen sie dicht nebeneinander, geschützt durch die Regenwand, wortlos,

Das Kind lief um sie herum.

Aber sie blieben so stehen, dem Regen lauschend, den Atem spürend, in der Gegenwart versinkend, für einander da.

Die Zeit stand still.

DAS KIND

Der Kater und zwei Mäuse

Teddy war ein fünfjähriger Kater und Mia war ein fünfjähriges Mädchen.

Teddy gehörte so selbstverständlich zum Leben Mias wie der Baum vor dem Fenster oder das Sofa vor dem Kamin.

Ein Sonnenstrahl hatte sie am frühen Morden geweckt.

Sie betrachtete die ineinander geschlungenen Äste des Baumes, die tanzenden Sonnenpunkte auf den Blättern, lauschte dem Wind zwischen den bewegten Zweigen.

Dann griff ihre Hand ans Fußende ihres Bettes in der Erwartung, dass dort der Kater zusammengerollt und schlafend liege, eine schwarzweiße Fellkugel. Doch es ließ sich kein warmes Fell ertasten.

„Wahrscheinlich ist er noch irgendwo unterwegs", dachte Mia.

Sie wusste, dass der Kater gern während der Nacht und bis zum Morgengrauen draußen oder drinnen herumlauerte, denn er war ein großer, muskulöser Kater mit kräftigen Pfoten. Er müsste sein Revier schützen und verteidigen, hatte die Mutter gesagt.

Mia war überzeugt, er gehe auf Mäusejagd, denn sie wohnten in einem alten, baufälligen Haus am

Stadtrand, dessen Dachboden mit alten abgestellten Möbeln, vergessenen Kisten voller Krimskrams oder vorübergehend gelagerten Kartons mit dicker Winterkleidung gefüllt war. Hier, meinte Mia, würden auch die Mäuse leben und hätten sich eingenistet zwischen den Wollpullovern, was sie ihnen nicht übel nahm.

Aber dem Kater war die Aufgabe zugewiesen worden, die Mäuse zu erschrecken und zu verjagen.

Da er morgens immer Futter und frisches Wasser als Belohnung für seine Nachtarbeit erhielt, hüpfte Mia noch barfuß die Treppe hinunter und öffnete die Haustür, um ihn hereinzulassen.

Aber er war noch nicht wieder zurück, stattdessen lag

ein kleines, graues Fellstück mit vier dünnen Beinen und zwei großen, runden Augen, die starr ins Leere blickten, auf der Fußmatte.

„Was ist mit dir, kleine Maus?", fragte Mia und strich mit den Fingerspitzen über das Fell. Es war weich und samtig, aber der Körper war kalt.

„ Komm, wach auf und lauf schnell weg, bevor Teddy dich entdeckt."

Aber das Tier regte sich nicht.

„Teddy kann Mäuse nicht leiden, weißt du. Er soll euch vertreiben."

Als dieses Wesen immer noch nicht reagierte, nahm sie es in ihre warmen Hände und entdeckte eine Bisswunde sowie trockenes Blut am Hals.

„Oh, du bist verwundet", rief sie und schaute der Maus in die schwarzen Augen.

„Du kannst gar nicht mehr schauen", stellte sie nun erschrocken fest, „ du bist auch ganz kalt. Du lebst gar nicht mehr!"

Plötzlich stand der Kater vor ihr.

„Du hast dieser Maus wehgetan, Teddy. Sie ist tot."

Sie hielt ihm den leblosen Körper entgegen, er schnupperte kurz daran und blickte mit unschuldigen, sonnengelben Augen direkt in ihr Herz.

„Die Maus ist für dich. Ein Geschenk", schien er zu sagen, bevor er die Treppe hinauf lief, auf die Fensterbank sprang und zufrieden begann, seine weiße Pfote zu putzen.

Mia bettete die Maus in einen kleinen Pappkarton und vergrub sie in einer abgelegenen Ecke des Gartens. Darauf legte sie einen kleinen Feldstein.

Ein anderer kleiner Feldstein in der Nähe erinnerte an eine andere Maus.

Vor einigen Tagen nämlich hatte Mia bereits morgens auf der Stufe vor der Haustür in der Sonne gesessen, um auf Teddy zu warten.

Plötzlich kam er mit einer Maus zwischen den Zähnen direkt auf sie zugelaufen.

„Lass sie los!", rief sie.

Aber ein leises, knackendes Geräusch verriet den tödlichen Biss.

Im selben Augenblick sprang eine blitzhelle, unversehrte Maus aus dem Mäusekörper heraus.

Ein aus Blitzen und Funken bestehendes, neonfarbiges Wesen sprang direkt in das Sonnenlicht.

Strahlender als das Sonnenlicht löste es sich im Licht auf.

„Hallo, Maus", konnte Mia gerade noch zu diesem Leuchtwesen sagen.

Der Kater hatte den toten Tierkörper auf der Fußmatte abgelegt, hatte noch schräg in Mias Augen geblinzelt und war die Treppe hinaufgeeilt.

Nun stand sie hier in der verwilderten Ecke des Gartens vor zwei kleinen Mausegräbern, als sich etwas Warmes und Schnurrendes um ihre Beine wickelte.

Bernsteinfarbene Augen schauten sie vertrauensvoll an.

„Teddy, da bist du ja", sagte Mia während sie sich zu ihm ins Grass setzte und sanft mit der Hand über sein Fell strich.

„Die Mausekörper sind nun tot, aber die Mäuse aus Licht leben."

Regen und Wind

Am Morgen wurde das Kind vom Sturm aus dem Schlaf gerüttelt.

Der Regen prasselte gegen die Fensterscheiben und zusammen mit dem Heulen des Windes ergab sich daraus ein Musikstück. Nach erst sanften, wehenden Tönen begleitet vom leichten Rhythmus der an das Glas schlagender Tropfen wurden die Töne dumpfer und tiefer und wilder. Ein Trommelfeuer aus Hagel und festen Regentropfen riss das Kind hoch.

Es presste die Nase an die Fensterscheibe, um diesem Aufruhr draußen noch näher zu sein, und ein gewaltiges Finale ließ seinen ganzen Körper erzittern.

Mit den Fingern verfolgte Mia danach den Lauf der Regentropfen entlang der Scheibe. Sie rannten im Zickzack von rechts nach links oder prallten manchmal so stark dagegen, dass sie in kleine Punkte zersplitterten.

Plötzlich ergoss sich Sonnenlicht in den Regen hinein,

dabei verwandelten sich die Tropfen in silberne Perlen.

Der darin enthaltene Glanz blendete sie kurz und sie nahm wahr, wie die silberne Farbe aus den Tropfen herauslief und über die Stirn in sie hinein floss.

Die Welt verlor ihre Lautstärke, sanft wurden die Klänge der windigen Musik, die Gegenstände verloren ihre festen Formen und verwandelten sich zu Farben Lichtpunkten und Lichtlinien, die unaufhörlich miteinander verschmolzen und wieder auseinander flossen.

Ein Tanz aus Farben und Mustern entstand, und die Blätter des Baumes bewegten sich dazu im Takt.

Mia öffnete das Fenster, ihre Hand berührte zusammen mit dem Wind und den letzten Regentropfen die grellgrünen Blätter.

Ein Blatt legte sich um ihre Hand und löste sich auf.

Ihre Hand war nun das Blatt.

Sie tanzte mit den anderen Blättern und lehnte sich zum Tanz aus dem Fenster hinaus.

Plötzlich riss eine schrille Stimme Mia zurück ins Zimmer.

„Kind!"

Weit hinausgelehnt aus dem Fenster fand die Mutter das Kind.

„Kind!", rief sie erneut und zog es zurück ins Zimmer.

Kalt war der Wind, kalt war das Kind.

Kälte schüttelte den kleinen Körper.

„Eine Erkältung", sagte die Mutter und sie legte es auf das Sofa vor dem Kamin. Während sie es noch in eine dicke Decke hüllte, versprach sie heißen Tee zu kochen. Mia fühlte sich immer noch davongetragen, sie lächelte und fragte:

„Kommt Vater heute zurück?"

„Nein, heute nicht."

„Wird er morgen kommen?"

„Nein, er wird nicht kommen."

„Wird er irgendwann kommen?"

„Nein, er wird nicht kommen", antwortete die Mutter.

„Möchtest du heißen Tee mit viel Honig?", fragte die Mutter.

Mia nickte, Kälte schüttelte ihren Körper, aber Fieber hatte sie nicht.

Der Kater sprang auf das Sofa und legte sich an ihre Füße, ein schwarzweißes Knäul.

Zirkus und Theater

Das Kind begann mit den Worten:

„Wir wollten doch zum Zirkus…"

Der Mann unterbrach mit den Worten:

„Ein anderes Mal!"

„Heute nachmittag ist die Vorstellung um drei Uhr."

„Heute nicht! Ein anderes Mal."

Die Freude auf eine Zirkusvorstellung zerplatzte.

Das Kind rief empört: „Das war versprochen!"

Der Mann zuckte mit den Schultern, wandte sich von dem Kind ab.

Da schrie es mit aller Kraft und die Wut überfiel seinen Körper von Kopf bis Fuß und es schrie und schleuderte den Schmerz der Enttäuschung der Welt entgegen.

Der Mann wandte sich wieder zum Kind:

„Jetzt wirst du aber wütend. Sieh, so ein Wüterich!"

Er lachte.

Das Kind verlor sich in seinem Schmerz, es ballte eine Faust und schlug damit gegen die Wand.

Der Mann lachte und meinte:

„Der Zirkus ist hier bei dir. Warte, ich hole die Zuschauer!"

Das Kind verlor sich im Schrei.

Der Mann lachte weiterhin.

„Zirkus! Theater! Das muss ich aufnehmen. Ich hole schnell die Kamera."

Um den inneren Schmerz zu beenden, schlug das Kind mit dem Kopf schreiend gegen die Wand.

Der Schmerz verwandelte sich in Stille.

Der Mann sagte: „Wenn du so weitermachst, kommst du noch ins Irrenhaus."

Auf Besuch

Als das Kind nun gegen Mitternacht in der Straßenbahn saß, fiel sein Kopf vor Müdigkeit gegen die Scheibe des Fensters und sank auf den Rand des Fensterrahmens.

Die feste Abdichtung grub sich in seine Wange im gleichmäßigen Takt der aneinander gesetzten Eisenschienen unter den Rädern.

Von außen klebte Schwarz an den Scheiben, Lichter zuckten vorbei.

Die Maschen der gestrickten Jacke ließen die Kälte auf die Haut der Kinderarme fallen, die sich nun unter den Kopf schoben, um die Schläge zu mildern.

Aber vor Müdigkeit lösten sich die Hände aus dieser Position und der Kopf glitt erneut auf die Abdichtung, so dass die Schläge im Rhythmus des Schienenstranges nun gegen den Kopf hämmerten.

Am frühen Morgen war das Kind in einen Zug gesetzt worden, nach Stunden in den nächsten Zug, nochmals in einen weiteren Zug und nachts in diese Straßenbahn.

Es sollte zu Besuch zu fremden Leuten in eine fremde Stadt fahren, hatte man gesagt.

Und wenn es ausstieg an der letzten Haltestelle, sollte es sagen: „Ich bin Mia."

Bei jeder Haltestelle wurde das Kind aus dem Schlaf gerissen, weil die Bahn mit einem ruckartigen Stoß zum Stillstand kam. Kurz blinzelte das Kind in das trübe elektrische Licht des Waggons, aber beim Anfahren schlossen sich die Augenlider erneut.

An der letzten Haltestelle warteten eine fremde Frau und ein fremder Mann, die nach der Hand des Kindes und der Tasche griffen.

Darüber erschrocken begann es zu schreien.

Aber die Augen der beiden verwandelten sich in kleine Glaskugeln, die Münder wurden zu schmalen Schlitzen, aus denen fremde Worte fielen, Hände griffen fest zu und zogen Mia samt Tasche aus dem Waggon.

Das Kind war also eingetroffen.

„Du siehst blass aus", sagte die Frau.

„Du brauchst neue Kleidung", sagte der Mann.

„Du siehst krank aus", sagte die Frau.

„Du kannst nicht sprechen", sagte der Mann.

„Du kannst nicht lächeln", sagte die Frau.

„Sag doch mal etwas", sagten sie.

Da öffnete das Kind den Mund, aber es kam kein Laut
heraus.

CHARLY KUMUDI

Charly Kumudi war mein erster Hund, ein Schäferhund-Mischling aus dem Tierheim.

Wegen eines kleinen Hundes, dessen Bild in der Lokalzeitung erschienen war, hatte ich das Tierheim am Stadtrand   aufgesucht. Aber die Leiterin, eine junge Frau in schwarzer Lederjacke und mit Tattoo am Handgelenk schüttelte sogleich den Kopf.

„Nein", meinte sie, „der Kleine passt gar nicht zu dir."

Aber es sei gerade ein Schäferhund-Mischling abgegeben worden, vier Jahre, der sei so traurig und sensibel, der würde einfach eingehen, wenn er länger im Tierheim bleiben müsse.

„Ein Schäferhund?", fragte ich ungläubig.

„Ja, sicher, passt doch zu dir", meinte sie überzeugt.

Sie führte mich in den hinteren Innenbereich, in dem einige Hunde einzeln gehalten wurden.

Es war ein grauer Regentag, die Gebäude lagen im Grau, die Flure waren dunkel, die Hunde befanden sich irgendwo im Schatten dieses Labyrinths.

Plötzlich spürte ich eine Berührung an meinem rechten Bein. Etwas Warmes und Weiches schmiegte sich an.

Es schienen sich Bänder um mich zu wickeln.

Diese Bänder waren bunt, sie flatterten um mich und um dieses Wesen herum, und einige Bänder zogen sich fester um uns zusammen.

Meine Hand grub sich in einen dichten Fellkragen, das Wesen legte sich noch stärker an mich.

Dann erst schaute ich es an. Ein wunderschönes Hundegesicht blickte mir entgegen, große, bernsteingelbe Augen schienen zu lächeln und zu sagen: „Hallo, wir sind jetzt ein Team."

So verließen wir zusammen das Tierheim.

Bald rannten wir zusammen durch die Natur und ins magische Grün.

Das Grün schimmerte durch die frischen Blätter im Frühjahr, es blitzte in den Tropfen auf den Gräsern nach einem Regenschauer, es erstrahlte als Waldsaum am Horizont, es raschelte zwischen den Wiesenblumen, es legte sich mit dem Dunst des Morgens auf unsere Gesichter.

Wenn wir zur Stunde des Tageserwachens Berghänge erstiegen, sogen wir den Duft der Wiesen ein und warfen uns voller Übermut in die Grüntöne.

Die Grüntöne der Blätterwälder, Felder, Wiesen, Moore, Tannennadeln, Farne, Wiesenblumen, Heckenrosen, Gräser, Moose ergaben ein Gesamtwerk aus Grün.

Ein Grün, durchflutet vom Sonnenlicht, überzogen von Wolkenschatten oder bedeckt von silbernen Regentropfen, ließ uns anhalten.

Und plötzlich war er da: Der magische Moment im Grün.

Wir standen nebeneinander, lauschten, versanken in Stille.

Wir liefen am Strand entlang.

Mit dem Wind, gegen den Wind, im Wind, durch den weichen Sand, zwischen den kleinen und großen Steinen hindurch entlang der Wildheit der Steilküste. Neben uns schlugen die Wellen des Meeres an den Strand. Türkisblaue und blaugrüne Farbtöne durchbrochen von dunkelblauen Tiefen versehen mit weißen Schaumkronen breiteten sich aus bis zum Horizont, wo sie auf Himmelblau trafen. Oder eine dahin stürmende gelbe, dunkelgraue und schwarze Wolkenwand kam auf uns zu.

Dazwischen das Sonnenlicht, grell und gelb, gleißend und heiß oder auch sanft und mild, schimmernd und wärmend.

Wir liefen, bis wir alles hinter uns gelassen hatten und fielen hinter den letzten großen Felsen in den Sand und in die Weite des Ozeans.

Charly Kumudi war allerdings kein Hund, der sich ins Wasser traute, weder in einen kleinen Teich noch in einen See, schon gar nicht ins Meer.

Nur einmal hatte er es gewagt.

Das war, als wir zum ersten Mal an unserem Hinter-Dem-Felsen-Platz angekommen waren. An diesem heißen Sommertag, warf ich mich sofort in die Wellen. Schon schlugen sie über mich zusammen. Charly hatte ruhig im Sand gesessen und zugeschaut, aber in dem Moment stürzte er ebenfalls ins Wasser und auf mich zu.

„Hallo!", rief ich sehr erfreut. „Auf zum Schwimmen!"

Aber er griff mit seinen Zähnen fest um mein Handgelenk und zog mich zurück zum Strand.

Ich verstand, nahm ihn in meine Arme und sagte: „Danke, mein Lebensretter."

Wir gingen zusammen durch die Nacht.

Sturm tobte über über das dunkle Land, über die kahlen Felder, durch die menschenleeren Straßen der Stadt, rüttelte an verschlossenen Türen und Fenstern, Regen peitschte ins Gesicht und durchnässte Fell und Jacke. Wir drängten uns an den Mauern vorbei, sprangen über Pfützen, überquerten die breite, jetzt von Zweigen und Blättern bedeckte Straße. Ein Ast brach krachend auf das Asphalt, das fahle Laternenlicht flackerte, Scheinwerfer eines Autos blendeten auf, schwarze Schatten wanderten an den Seiten vorbei. Eilig hasteten wir weiter, fast hätte uns der Wind davon gefegt.

Oder wir wanderten um Mitternacht unter einem sternenklaren Himmel.
Schnee schimmerte frisch gefallen im Dunkel.
Es klirrte der Frost, es stockte der Atem, es knirschte der Schnee unter den Stiefeln und den Pfoten.
Schlafend lag die Stadt in der Winternacht. Verpackt unter dicken Schneedecken ruhten die Gärten, erstarrt standen die Bäume in weißer Kälte, Wege hatten ihre Richtung verloren.
Sternenlicht funkelte zu uns herunter. Stille. Geborgenheit in der Nacht.
Der Name Kumudi bedeutete Nachtlotusblüte.

Ich liebte Charly Kumudi, diesen großen, wunderschönen Schäferhund-Mischling. Wir hatten vier wunderbare Jahre zusammen.
Plötzlich mussten wir mehrmals nachts hinauslaufen, weil er den Urin nicht halten konnte.
Am nächsten Tag suchten wir den Tierarzt auf.
Am darauffolgenden Tag suchten wir einen weiteren Tierarzt auf, der eine Infusion verabreichte.
Am dritten Tag hatte Charly wieder Interesse und Kraft, um den hellgrünen Maiwald zu erkunden. Wir

fanden zu unserer Waldlichtung, sie war überwachsen von frischen Gräsern, weißen Blüten, gelben Blüten und blauen Blüten. Wir ließen uns in das Grün hineinfallen,

lauschten dem Summen in der Luft, dem Jubel des Frühlings, dem Aufleuchten des Lebens.

Am Abend lag Charly Kumudi zusammen gerollt und schlafend in seinem Sessel. Plötzlich sprang er auf, schaute mit großen Augen umher, sprang dann auf den Teppichboden.

Ich schreckte auf und ging zu ihm.

Da erfasste ein Schütteln seinen Körper, er fiel auf die Seite, wieder erfasste ein Krampf seinen Körper.

Ich kniete mich zu ihm hinunter, ich schaute in seine Bernsteinaugen, ich fragte: „ Was ist, Charly?"

Er sah mich verwundert an. Ich nahm seinen Kopf in meine Hände. Wir schauten einander in die Augen.

Wärme und Liebe waren in seinen Augen, weite, große Liebe, eine solche Liebe…

Plötzlich blickte er überrascht und erstaunt in die Ferne, ein helles Leuchten trat in seine Augen, Freude flackerte auf wie bei einer Begrüßung.

Gleich würde er auf jemanden zulaufen wollen.

Da brachen seine Augen.

STRAßENHUND AUS RUMÄNIEN

Um halb zwei Uhr nachts erreichten wir nach einer dreistündigen Autobahnfahrt die ausgemachte Tankstelle gleich nach der ersten Ausfahrt bei Hannover.

Es war eine warme, nicht sehr dunkle Sommernacht, in der ich in Begleitung einer Tierschützerin unterwegs war, um an einem unbekannten Ort einen mir noch unbekannten Hund von unbekannten Menschen überreicht zu bekommen.

Bei dieser Aktion handelte es sich nicht um eine illegale Einfuhr von kleinen, schutzbedürftigen, den Hundemüttern entrissenen Welpen aus den Ostblockstaaten.

Es handelte sich um die legale Aktion einer europäischen Tierschutzorganisation, erwachsene, gesunde Hunde aus einer Tötungsstation im Norden Rumäniens europaweit zu vermitteln.

Aufgrund eines Gesetzes aus dem Jahr 2014 werden in Rumänien sämtliche Hunde von der Straße eingefangen und für vierzehn Tage in städtischen Tierheimen untergebracht, in denen sie nach Ablauf dieser Zeit getötet werden. Durch grausame, grausamste und noch grausamere Methoden.

Berichte der Tierschutzorganisationen über das Leben der Straßenhunde, über die Fangmethoden der Hundefänger, über die Zustände in den

staatlichen Tierheimen und über das Geschäft mit dem Tod tausend mal tausender Hunde ließen mir keine Ruhe mehr.
Bilder der vielen leidenden Geschöpfe fanden sich schnell im Internet.

Fassungslosigkeit riss mich in die Tiefe der klaffenden Wunden:
die verwundeten Körper,
die verwundeten Seelen,
das Zittern der Angst,
der Schrei der Angst,
die Stille der Angst,
das Nagen des Hungers,
das Hecheln nach Wasser,
die Hitze des Sommers,
die Kälte des Winters,
eingezwängt auf engstem Raum,
liegend auf hartem Beton,
erschöpft, erkrankt, verwundet, gebissen, verblutet,
verhungert, verendet,
fragend, zweifelnd, verzweifelt, hoffnungslos,
zerbrochen, gebrochen, aufgegeben, erloschen,
leblos,
verlassen, gequält, verjagt,
gejagt, gefangen, eingesperrt, getötet.

Und doch
in manchen braunen Augen
noch ein Schimmern,
ein wenig Glanz,
ein kurzes Aufflackern,
ein schwaches Leuchten im Braunton.
Unverloren in dieser Verlorenheit.

Ein Paar solcher Augen glitzerte und funkelte von einem Foto zu mir herüber.
Erfreut und etwas erwartungsvoll schaute dieser Hund wohl einen Menschen an, der gerade vor dem Käfig stehen musste.
Dabei blickte er auch direkt zu mir.
Und in diesem Blick lag eine Art Vertrauen darauf, dass ein Mensch kommt, um ihn da herauszuholen. Ein Mensch, den er noch von früher kannte oder den er noch nicht kannte. Oder jemand vom Tierschutz. Jemand.
Tatsächlich stand dieser Hund fest und aufrecht auf seinen vier Pfoten zwischen anderen sitzenden und liegenden Hunden. Sein Körper war angespannt, zuversichtliche Erwartung drückte sich in der Haltung aus, seine Schnauze war leicht geöffnet, so dass er zu lächeln schien. Aber wahrscheinlich hechelte er wegen der Hitze. Die Temperaturen

stiegen im rumänischen Sommer oft bis auf vierzig Grad.

Ich kontaktierte die zuständige Tierschutzorganisation.

Mir wurde gesagt, dass geplant sei, einige Tiere am folgenden Wochenende aufgrund von Vermittlungen aus dem Land abzuholen. Und jener Hund könne sofort dabei sein.

Ich wurde darauf hingewiesen, dass es ein Hund direkt von der Straße und direkt aus der Tötungsstation sei. Meine Wohnsituation wurde begutachtet, um sicher zu stellen, dass sie für die Haltung eines Hundes geeignet sei.

Nun befand ich mich um halb zwei Uhr in der Nacht auf jenem Parkplatz der Tankstelle an der Autobahn. Die Ankunftszeit der Hunde war deshalb mitten in der Nacht, weil sie sich nach fast zweitausend Kilometern Fahrt mit Unterbrechungen so ergeben hatte.

Es war der Zeitpunkt, bei jemandem anzukommen.

Einige weitere neue Hundebesitzer warteten ebenfalls auf den Transporter. Aufregung schwappte von hier nach da, leise Gespräche begannen, Unruhe breitete sich aus unter den Neonlampen und den beleuchteten Hinweisschildern zur Autobahn.

Ein VW-Bus hielt neben den Zapfsäulen.

Mit den anderen stellte ich mich um das Auto.

Plötzlich legte mir jemand mit den Worten „...und dieses ist dein kleiner Hund" ein zusammengerolltes Bündel in den Arm.

Irgendwie zottig, irgendwie klebrig, irgendwie stinkend.

Ein kleines Etwas. Sehr leicht. Zerbrechlich.

Aber warm und atmend.

Ich hielt es behutsam und begann, es wie einen Welpen im Arm zu wiegen. Da legte sich eine kleine, kalte Schnauze dichter in meine Armbeuge hinein und ein tiefer Atemzug durchströmte den mageren Körper, ein weiterer tiefer Atemzug folgte, dann ein dritter.

Ein warmer, lauer Nachtwind strich über meine Arme und über das struppige, vielleicht hellbraune, vielleicht dunkelbraune, vielleicht schwarze Fell. Es schmiegte sich an mich.

Und weitere Atemzüge verbanden sich nun mit meinen Atemzügen. Gleichmäßig und ruhiger werdend.

Als ich nach einer Weile das kleine Fellbündel kurz vor einem Wassernapf absetzte, konnte es sich kaum auf den Pfoten halten, es nahm einige Schlucke. Dabei wankte es auf Beinen so dünn wie Streichhölzer.

Der Kopf blieb gesenkt, die Ohren hingen schlaff herab, die Augen schauten auf den Boden.

Ohne Glitzern, ohne Funkeln, ohne Freude, ohne Erwartung, ohne Kraft.

Im Fell zeigten sich kahle Stellen, die darunter liegenden Knochen zeichneten sich deutlich ab, eine Wunde hatte sich entzündet.

Ich beugte mich zu dem kleinen Wesen hinunter, strich sanft über den Kopf.

Aber der Kopf blieb gesenkt, die Ohren hingen weiterhin schlaff herab, die Augen schauten weiterhin starr auf den Boden.

Abwartend hielt es sich auf den Pfoten.

„Hallo, kleines Etwas", sagte ich, „komm, jetzt fahren wir zusammen nach Hause."

Da hob es leicht den Kopf und blickte zu mir.

Wir sahen uns an. Ein winziger Funken flackerte im dunklen Braun der Augen auf und unzählige Funken begannen im Neonlicht um uns herum zu tanzen.

Ich nannte den kleinen Hund Benny.

ROSENBLÜTE

Demenz

Einmal in der Woche schaute ich bei meiner Mutter vorbei. Auch dieses Mal hatte ich meinen Besuch rechtzeitig angekündigt. Auch hatte ich sie nochmals kurz angerufen, bevor ich ins Auto stieg, um zu erinnern, dass ich vorbeikommen wolle.

„Gut", hatte sie gesagt, „Kaffee habe ich da. Den habe ich ja immer da."

Die Fahrt führte mich durch den Frühsommer hinauf an die Küste. Das kleine, weiße Haus lag hinterm Deich, geschützt durch alte Linden im Vorgarten, umgeben von Büschen und Sträuchern, umrankt von unzähligen Rosen, die kurz vor der Blüte standen.

Mehrmals klopfte und klingelte ich am Eingang, aber die Haustür blieb verschlossen. Nichts rührte sich.

Sofort war ich beunruhigt, denn meine Mutter war inzwischen dreiundneunzig Jahre alt und lebte allein in diesem Haus ziemlich abseits des Dorfes.

Ein schmaler Weg führte mich an den Blumenstauden entlang zur Terrasse hinter dem Haus, auch hier war die Tür verschlossen.

Aber dann sah ich sie hinter dem großen Glasfenster im Armsessel sitzen, sie schien eingeschlafen zu sein.

Vorsichtig klopfte ich nun gegen die Scheibe, dennoch zuckte sie kurz zusammen, bevor sie ihre Augen öffnete und erstaunt zu mir blickte.

„Ja", sagte sie, „einen Moment bitte."

Mit Hilfe eines Gehstocks erhob sie sich, ging einige Schritte zur Terrassentür, drehte mehrmals einen Schlüssel herum und öffnete einen kleinen Spalt der Tür.

„Ja, was gibt es denn?", fragte sie.

„Hallo, hoffentlich habe ich dich nicht erschreckt."

„Wer sind Sie denn?"

Es war nicht das erste Mal, dass sie mich nicht gleich erkannte. Ich lachte und an meinem Lachen konnte sie mich wieder einordnen.

„Komm doch herein", sagte sie und öffnete die Tür weit.

„Wegen der fremden Leute, die hier manchmal klingeln, muss ich die Türen verschlossen halten. Darum habe ich noch zusätzlich Schlösser anbringen lassen."

„Aber hier auf dem Dorf kennst du doch die Menschen und die Türen sind meist offen."

„Früher war das mal so, aber jetzt nicht mehr."

Ihre grauen Augen bekamen einen harten Ausdruck, energisch fügte sie hinzu: „Fremde Leute dürfen nicht in mein Haus. Die schauen sich neugierig im Raum um und die wollen mich mitnehmen."

„Wohin wollen sie dich bringen?"

„Ins Altenheim. Ich bin dreiundneunzig. Aber ich bleibe hier bei den Rosen."

Sie zeigte auf die Rosensträucher vor dem Fenster.

„Bald werden sie alle wieder blühen", sagte sie, „hunderte von Blüten in allen Farben und dazu der Rosenduft im Wind. Das ist so wunderbar. Jedes Jahr wieder und immer wieder."

„Du bist wirklich schon dreiundneunzig", wiederholte ich. „Schaffst du die Gartenarbeit noch?"

„Ach, die Rosen sind auch alt, die wissen, wie sie blühen und verblühen. Das machen sie Jahr für Jahr."

„Vielleicht solltest du doch mal, einen Gärtner einstellen."

„Niemals!" Wieder erschien das harte Grau in ihren Augen.

Wegen des eigenen Gartens und der Abgeschiedenheit des Ortes, war sie an das Meer gezogen. Pflanzen waren ihre Kinder, nie ohne Aufsicht, immer versorgt, immer behütet, immer mit einem Lächeln bedacht.

Sie selbst sah eher unversorgt aus, die Kleidungsstücke hingen von ihren Schultern, einige leichte Flecke zeigten sich auf dem dünnen ausgetragenen Pullover und auf dem geflickten Rock aus dünner Baumwolle, die Schuhe wiesen abgetragene Sohlen auf, die Schnürbänder waren gerissen und wieder zusammengeknotet.

Weißgraues Haar wurde mit einer Klemme im Nacken zusammengehalten. Knochige und schwielige Hände verrieten die ständige Gartenarbeit.

„Die Rosen habe ich hier zusammentragen, manche fand ich am Feldrand, andere in verwilderten Gärten, wieder andere weggeworfen auf dem Friedhof. Stell dir das vor. Pflanzen wurden einfach entsorgt."

Ihr Blick ging zurück in die Ferne.

„Zur Zeit als ich Kind war, wurden Menschen entsorgt."

Ihr Blick wurde ernst, ihre Körperhaltung erstarrte.

„Das begann, als die Synagoge brannte.

Wir wohnten nicht weit weg von der Synagoge. Ungefähr zehn Minuten zu Fuß von unserem Haus.

Meine Freundin besuchte die Synagoge sehr oft und manchmal war ich mit ihr zusammen dort. Wir waren zwölf Jahre alt und gingen in dieselbe Klasse. Die Synagoge war ein Gotteshaus. Eines Nachts im November brannte sie, und die Menschen schauten einfach zu."

Sie hob hilflos ihre Hände, ihr Blick wanderte zu mir.

„Ich fragte einige Leute, warum denn keine Feuerwehr gerufen werde. Denn wenn ein Haus brenne, werde immer die Feuerwehr geholt. Und das sei doch ein Gotteshaus."

Fassungslosigkeit trat in ihre Augen.

„Niemand antwortete auf meine Frage. Am nächsten Tag fragte ich meinen Lehrer in der Schule, warum das Feuer in der Synagoge nicht gelöscht worden sei. Er nahm mich zur Seite und sagte leise, er werde es mir mal erklären, aber noch sei ich zu jung, um es zu verstehen. Ich war schon zwölf. Ich fühlte mich nicht zu jung."

„Hat er denn später mal über diese Pogromnacht gesprochen?", fragte ich.

„Er sprach nie mehr darüber, niemand sprach darüber.

Dann verschwanden Menschen, unsere jüdischen Nachbarn waren plötzlich weg. Ich fragte, wohin sie gegangen seien, aber es wusste keiner. Wieder sprach niemand darüber. Aber eines Tages kam meine Freundin nicht in die Schule, auch am folgenden Tag fehlte sie. Besorgt machte ich mich auf den Weg, sie zu besuchen. Aber das Haus, in dem sie wohnte, war verlassen, die Tür war verbarrikadiert. Jemand sagte, die seien weg. Für immer."

„Wurde sie in ein KZ-Lager gebracht?", fragte ich vorsichtig.

Tränen traten in ihre grauen Augen, als sie antwortete: „Sie wurde entsorgt."

Mir stockte der Atem. Obwohl ich diese Erzählung bereits mehrmals von meiner Mutter gehört hatte, erschütterten mich erneut ihre Worte.

Ich legte kurz meinen Arm um ihre schmal gewordenen Schultern, aber sie erschrak und wich zur Seite.

„Wer sind Sie?", fragte sie entsetzt.

Wieder lachte ich, um sie zu beruhigen, aber sie erkannte mein Lachen nicht und fragte:

„Wollen Sie mich abholen?"

„Ich wollte mit dir Kaffee trinken, ich bin doch deine Tochter. Kuchen habe ich mitgebracht. Schokokuchen."

„Ach so, gut, ich werde mal das Kaffeewasser aufsetzen. Hol doch schon mal das Kaffeeservice aus dem Küchenschrank. Das mit dem Goldrand."

In der Küche hielt sie den Wasserkessel mit zwei zittrigen Händen fest, um ihn auf den Herd zu setzen. Schmutziges Geschirr stapelte sich auf der Küchenablage vor der Spülvorrichtung. Ein Teller mit Resten vom Mittagessen befand sich noch auf dem Esstisch. Als sie meinen Blick bemerkte, machte sie schnell eine abwertende Handbewegung.

„Heute Mittag hatte ich keinen großen Hunger und ich war zu müde, um aufzuräumen. Ich wusste ja nicht, dass du vorbeikommen würdest. Dann hätte ich noch alles aufgeräumt."

„Ich hatte dich aber mehrmals angerufen."

„Ach, tatsächlich? Manchmal vergesse ich sowas einfach. Bedenke, dass ich schon dreiundneunzig

Jahre alt bin. Aber ich fühle mich nicht so alt, ich bin nur etwas vergesslich geworden."

„Ich rufe dich jeden Tag morgens und abends an, damit du nicht vergisst, deine Tabletten einzunehmen."

„Stimmt, es ruft mich immer eine Frau an, die mich an meine Tabletten erinnert. Meistens muss ich diese Pillen erst suchen, denn ich lehne es ab, Medikamente einzunehmen. Aber diese Frau bleibt solange am Telefon, bis ich die Dinger geschluckt habe."

Das Wasser kochte, sie brühte den Kaffee auf, der Duft des frischen Kaffees zauberte ein Lächeln auf ihr Gesicht und wir setzten uns in die gute Stube mit Blick auf die kleine Rasenfläche umrahmt von Rosenbüschen, deren Ranken sich von der Schwere der Knospen zu Boden neigten.

„Schau dir mal die Rosensträucher an!", sagte sie, hielt einen Augenblick inne, zeigte nach draußen und nahm einen Schluck Kaffee aus der Tasse mit dem Goldrand.

„Sie werden bald blühen. Das wird eine Pracht mit den Rosen. In diesem Jahr wird es besonders viele Blüten geben."

„Vielleicht solltest du dir doch eine Hilfe holen, es sind zu viele Pflanzen", warf ich ein.

„Nein", antwortete sie nun in einem fast traurigen Tonfall, „ich kann es nicht ertragen, dass jemand aus dem Arbeitslager meine Arbeit macht."

„Aber es gibt heute doch keine Arbeitslager mehr. Das war doch während des Krieges", berichtigte ich sie.

Sie lächelte wissend und meinte:

„Stimmt, das war während des Krieges."

Danach kam die Erinnerung zurück und sie erzählte weiter.

„Mein Vater war an der Front, meine Mutter versuchte Mehl zum Brotbacken zu erhalten. Und die Männer aus dem Arbeitslager bauten die Straßen aus, sie räumten die Trümmer nach den Luftangriffen der Alliierten weg. Auch arbeiteten sie auf den Feldern oder in der Gärtnereien ohne Lohn.

Dabei waren sie unterernährt, müde und schwach und krank, weil sie wenig zu essen bekamen und in den zugigen Baracken außerhalb der Stadt wohnen mussten. Sogenannte Zwangsarbeiter. Sie waren weggesperrt. Menschen aus dem Osten und Kriegsgefangene. Es war verboten mit ihnen zu sprechen. Doch wenn wir etwas Essbares übrig hatten, legten wir es im Vorbeigehen an der Straßenkante ab. Ohne ein Wort zu sagen. Das machten auch unsere Nachbarn. Aber niemand durfte das mitbekommen."

Ich nahm ihre Hand.

„Du warst erst vierzehn Jahre alt, als der Krieg begann", bemerkte ich.

„Ja, die Kindheit war da zu Ende."

Sie schwieg kurz, bevor sie mit einer heiteren Stimme in die Gegenwart zurückfand.

„Aber wie gut, dass jetzt Frieden herrscht! Gib mir doch bitte ein Stück von dem Schokoladenkuchen."

Wir aßen den Kuchen, wir tranken den Kaffee, wir schauten in den Garten. Die Sonne kam nun hinter den Wolken hervor, das Grün leuchtete auf und glühte in allen Schattierungen.

„Solange die Rosen blühen, werde ich hier sein", sagte sie ruhig in diese Stille hinein.

Plötzlich brach das ohrenbetäubende Geräusch eines Flugzeugs über uns hinweg.

„Die Luftabwehr übt wieder", stellte sie fest, aber ihre Augen füllten sich mit Angst.

„Du meinst, die Bundeswehr testet ihre Kampfjets über dem Wattenmeer."

„Ich weiß nicht, wo ich mich verstecken soll, wenn die Flugzeuge kommen!", rief sie, sprang vom Stuhl auf und schaute sich panisch um. Dabei erzählte sie weiter:

„Die Tiefflieger schossen auf mich, ich sprang in den Graben. Als sie vorbeigeflogen waren, rannte ich auf das Haus zu. Da war auch noch eine Mutter mit ihrem Kind im Graben. Sie lief ebenfalls mit dem Kind zum Schutz des Hauses.

Gerade noch erreichte ich das Haus, eine Tür öffnete sich, ich fiel hinein.

Dann kamen die Tiefflieger der Alliierten zurück, sie schossen. Die Mutter und das Kind…erschossen."

Schnell hielt ich sie fest im Arm, sie zitterte, sie fragte:

„Ist es vorbei? Sind die Tiefflieger vorbeigeflogen?"

Ich nickte.

„Kommen sie auch nicht zurück?"

Ich schüttelte den Kopf.

Dann nahm ich sie an die Hand und zog sie hinaus ins Freie zu den Rosensträuchern. Über uns der blaue Himmel. Nur ein weißer Kondensstreifen aus den Triebwerken des Flugzeugs durchzog das Blau.

Die Rosenblüten waren noch nicht aufgegangen.

Ihre knöcherige Hand strich über eine Knospe, die bereits ein wenig rote Farbe durchblicken ließ.

„Diese wird bald aufblühen. Vielleicht schon in zwei Tagen" , stellte sie fest.

„Die Rosen werden in diesem Jahr lange blühen", sagte sie vor sich hinlächelnd.

HAPPENINGS

Während des Fluges von Alice Spring im Zentrum Australiens nach Perth im Westen Australiens betrachtete sie das Gruppenfoto auf ihrem Handy, das vor der Kulisse des Uluru aufgenommen worden war.

Sie trug das braunschwarze Kleid, das sie von einem Straßenstand in Alice Spring gekauft hatte, und die Halskette aus getrockneten roten Samen eines Buschstrauches. Der Guide neben ihr fiel durch seinen abgetragenen Lederhut, die durchlöcherten Jeans und das durchschwitzte, rotsandige T-Shirt auf.

Der Guide hieß Will, Student aus Sydney, zwischendurch Touristenführer für Leute aus allen Teilen der Welt, die die verschiedene Distrikte Australiens kennenlernen wollten.

Er begleitete die Touristengruppe, zu der auch sie gehörte auf dieser Reise durchs Land. Eine Tour durch die Wüste im Zentrum Australiens war bereits abgeschlossen.

Jede Nacht hatten sie während jener Tour in der Nähe des roten Felsens Uluru ein Lager um eine glühende Feuerstelle aufgeschlagen. Wegen der wilden Tiere, vor allem wegen der Dingos.

Ein unbegrenzter schwarzer Himmel hatte sich über die Wüstenweite gewölbt, übersät mit Sternen so hell schimmernd, wie sie es noch nie zuvor irgendwo gesehen hatte. Sie war aufgestanden und hatte gebannt hinaufgeblickt. Diamanten auf schwarzem Hintergrund funkelten ihr entgegen.

„The Universe!", hatte Will plötzlich neben ihr gesagt.

Sie hatte sich zu ihm gewandt und Sterne aus blitzenden Augen waren zu ihr herüber geschossen.

„Yes, the universe", wiederholte sie und zeigte mit einer Hand zum Firmament.

Sie war eine ehemalige Jurastudentin aus Heidelberg, Deutschland, inzwischen Fachangestellte in der Anwaltskanzlei ihres Vaters, noch wohnhaft in der Dachgeschosswohnung ihres Elternhauses.

Aber jetzt war sie unterwegs durch Australien.

Nach einem dreistündigen Flug landete sie mit der Gruppe am Nachmittag in Perth, Westaustralien. Mehrere Jeeps standen bereit, um die Reisenden zu einer stillgelegten Ranch in den Busch zu bringen.

Will ergriff ihr Handgelenk, stürmte mit ihr zu einem Jeep, warf das Gepäck auf die Rückbank, übernahm das Steuer und fuhr mit ihr hinaus auf den Highway.

Er fuhr schnell, zu schnell, überholte die riesigen Transporter und Kleinwagen, fuhr Rennen mit einem weiteren Jeep. Dabei lachte er und freute sich über die Geschwindigkeit. Oft fuhr er mit einer Hand am Steuer, schraubte mit der anderen Hand das

Seitenfenster herunter, ließ wegen der Hitze den Arm hinaushängen oder korrigierte wiederholt den Außenspiegel, drehte die Scheibe wieder hoch, korrigierte den Innenspiegel, gab wieder Gas, wechselte die Spuren, jagte über die Seitenstreifen hinaus.

Sie drückte sich etwas tiefer in den Autositz hinein, musste manchmal den Atem anhalten. Zwischendurch warf er lachend einen Blick zu ihr. Aus dem Blau seiner Augen schossen Blitze.

Erschrocken schrie sie auf, als der Jeep plötzlich schleuderte, und deutete mit einer Handbewegung an, das Tempo zu reduzieren.

Er nahm den Fuß kurz vom Gaspedal. Nach einer Weile sagte er, sie sollten besser die Gurte anlegen, es könne sein, dass ein Polizeiauto folge. In seiner Stimme lag etwas Besorgnis. Aber es war kein Polizeiauto, das überholte. So klickte er seinen Gurt wieder aus und wandte sich zu ihr. Demonstrativ zog sie den Gurt fester an sich. Da legte er kurz seine Hand auf die ihre, und sie spürte, wie Wärme und Lebendigkeit in ihr aufstiegen.

„Great ride!", rief er lachend.

Nach einer Reifen quietschenden Ausfahrt raste er Richtung Buschland und ins Niemandsland. Der Jeep schoss über Steine und durch flache Löcher, Sand wirbelte auf, Zweige klatschten gegen die Scheiben.

Sie schleuderte auf ihrem Sitz von links nach rechts gegen seine Schulter, von rechts nach links gegen die Autotür, vor und zurück. Wieder stockte der Atem. Wieder legte er seine Hand auf die ihre und hielt sie fest und fester. So verbunden fuhr sie mit ihm zeitlos ins Unbekannte, auf einer anderen Spur, auf einer anderen Ebene ins Nirgendwo.

Da war so ein Tor und sie fuhr mit ihm dadurch.

Ein plötzliches Bremsen schlug ihren Körper hart an die Rückenlehne des Autositzes, und sekundenlang sah sie, wie sie auf einen Baum zuschleuderte.

Einen Atemaussetzer später stand der Jeep.

Will sprang ins Freie, rannte ums Auto, riss ihre Tür auf, löste den Gurt und zog sie hinaus.

„Come, have a look!", rief er und sie liefen einige Schritte durch das Grasland.

Vor ihnen lag eine   weite, silbrig schimmernde Fläche, überzogen von funkelndem Grün und Türkis, dann von strahlendem Rosa und hellem Blau bis hin zum tiefen Violett. Ein Salzsee. Seine Kristalle reflektierten die Sonnenstrahlen und brachten die Luft zum Flimmern.

Sie atmete die flimmernde Luft ein, lehnte sich an Will.

Will lehnte sich an sie.

So versanken sie im Farbenspiel.

Erst nach Einbruch der Dunkelheit erreichten sie die stillgelegte Ranch. Eine Konstruktion aus Holz und Wellblech erbaut auf mehreren Pfählen war das Farmhaus. Eine Treppe führte auf eine großflächige Veranda, daran schlossen sich eine Küche mit einem alten, eisernen Herd und zwei weitere Räume. Die Möbel waren bereits verschlissen, die Sitzgelegenheiten durchgesessen, Staub und Sand lagen auf den Regalen und Schränken. Spinnennetze woben sich an der Decke entlang.

Dazu lautes Gezirpe unzähliger Grillen in der Graslandschaft, das ferne Rauschen des Ozeans, der Geruch von Eukalyptus und das dunkelsilbrige Schimmern des hinter den Bäumen gelegenen Salzsees.

Während der späten Abendmahlzeit saß sie mit den anderen der Reisegruppe auf der Veranda am Geländer neben Spinnweben, aber gegenüber Will, der seinen ausgeblichenen Lederhut trug und mit leuchtenden Augen allen zuzwinkerte.

Dann lachte er und zeigte in das Nachtdunkel.

„A star shoot!", rief er.

Jemand sagte, es sei Sturm angesagt. Und Regen. Vielleicht Gewitter.

Sie lachte und meinte, sie habe Angst vor Gewitter.

Will warf ihr wieder Blitze aus dem Blau seiner Augen zu.

„You have an incredible smile."

Jemand sagte, sie habe Angst vor Gewitter und lache darüber.

Will wiederholte: „An incredible smile."

Er setzte sich zu ihr, später begleitete er sie zu ihrem Zelt, das für einige Tage hier die Unterkunft sein sollte.

Sie schauten zum Himmel, die Sterne waren jetzt hinter den Wolken verschwunden.

„Rain will come", sage er. „The rain will end the summer." Ihre Lippen berührten sich.

Am frühen Morgen, es war noch dunkel, erwachte sie in dem kleinen Zelt von dem Geräusch starken Regens. Die Zeltwände waren bereits eingedrückt von den Wassermassen, ein Rinnsal lief entlang ihrer Matratze, eine große Pfütze hatte sich vor dem Zelteingang angesammelt. Zur Sicherheit schob sie alles, was sie bei sich hatte, den Rucksack und die Taschen, zu sich auf die Matratze. Langsam kroch das Wasser weiter heran, sie spürte die Nässe an ihrem Körper empor kriechen.

In der Morgendämmerung brachte sie die durchnässte Unterlage, die Decke und das Gepäck einschließlich der kleinen Tasche mit den persönlichen Unterlagen, Reisepass, Tickets, Bankkarte, Geld und sogar Handy zum Farmhaus, wo sie, wie andere auch, alles unter den Pfählen in einem Raum, in dem sich auch der Kühlschrank und zwei Gasbehälter befanden, zum Trocknen abstellte.

Zum Frühstück kauerte sie mit den anderen zusammengedrängt unter dem Dach der Veranda und schaute durch den Regenvorhang auf die graue Graslandschaft mit den Eukalyptusbäumen und auf den dahinter jetzt rosa schimmernden Salzsee. Das Rauschen des Ozeans brach durch die Regenmauer.

Einige Graupapageien schüttelten die Nässe aus ihrem Gefieder, kauerten sich dann aber wieder unter den Ästen zusammen.

Will tauchte weder zum Frühstück noch zur Ankündigung eines Tagesprogramms auf.

So wartete sie auf der Veranda sitzend auf das Erscheinen von Will, zumindest aber auf eine Regenpause. Doch dunklere Wolken brachten stärkere Schauer. Mit den stärkeren Schauern verwandelten sich die noch heiteren Gespräche in lähmende Unterhaltungen und in zunehmendes Schweigen.

Eingeschlossen in diesen Regenmassen zogen dennoch freudige und erwartungsvolle Schauer durch ihre Adern, denn sie wartete noch auf Will und auf das Aufbrechen der Wolken.

Aber Will kam nicht.

Jemand erzählte von einer Sonnenecke an der Spitze des Landes, von einer Bucht, bekannt und gefährlich wegen ihrer über fünf Meter hohen Wellen.

Alle begannen von diesen Riesenwellen zu erzählen, bis sie sich endlich mit den anderen aufmachte, um zu dem Sonnenflecken zu fahren. Für solch einen Strandtag brauchte sie nur leichte Kleidung und etwas Kleingeld, das sie noch aus ihrem Gepäck unter dem Haus holte.

Eine endlose Fläche türkis-blauen Wassers glitzerte in der Sonne bis zum Horizont. Daraus bauten sich meterhohe, glasklare, blaue und grün schimmernde Wellen auf und brachen überschlagend krachend an den Sandstrand.

Schaum und Wassertropfen wurden in das Sonnenlicht geschleudert, zerplatzten und füllten die Luft mit Salzkristallen aus.

Sie verweilte vor der wilden, aufgepeitschten Wasserwand, vor der Wucht der aufschlagenden Wellen, im Beben des Aufpralls, in der zischenden Gischt, im Rauschen und Donnern, im Dröhnen und Getöse der Wellen.

The sound of the Ocean.

Sand, Steine und Muscheln wurden durch den Sog des zurückfließenden Wassers unter ihren Füßen weggerissen und zurück in die Tiefe bezogen.

Sie öffnete ihre Arme weit und ließ die Kraft des Ozeans in ihr Sein. Sie war ein Teil des Ganzen.

Stimmen holten sie zurück in die Sicherheit des Strandes, laute, aufgeregte Stimmen, die sie nicht verstand, aber denen sie zurück zur Gruppe folgte.

Will war plötzlich da, sein Jeep stand oben in den Dünen.

Er ließ sie alle im Kreis stehen und sie hielten sich an den Händen. Es war war etwas passiert, das stand in seinem Gesicht.

Sie bat still, es möge niemandem etwas zustoßen sein, es möge niemand abgestürzt oder ertrunken sein.

Eine Kältewelle löste ein Zittern im Körper aus, es stockte der Atem.

Dann sagte Will, und sie hielten sich fester an den Händen, dass ein Feuer das Farmhaus der Ranch vernichtet habe.

Nichts vom Haus sei übrig geblieben. Alles sei verbrannt. Auch die Sachen, die ihnen gehört hätten.

Schwarze Asche bedeckte jetzt den Platz, wo einmal das Farmhaus der Ranch gestanden hatte. Dazwischen lagen verkohltes Holz, geschmolzenes Glas, bis zur Unkenntlichkeit verbrannte Gegenstände sowie der gusseiserne, jetzt noch glühende Herd. Immer wieder züngelten einige Flammen auf. Es war tatsächlich nichts übrig geblieben.

Sie hockte sich an den Rand der Feuerstelle und strich mit den Händen über schwarze Asche und verbrannte Erde.

Das Feuer war im unteren Raum ausgebrochen, hatte eine Matratze erfasst, die dort zum Trocknen abgestellt worden war, und war auf einen Gasbehälter übergesprungen, der sofort explodierte und das Gebäude in Flammen setzte. Nach einer zweiten Explosion fiel es in sich zusammen und brannte lichterloh. Zeitgleich setzte ein noch stärkerer Regen ein, so dass die Flammen nicht auf das Buschland übergreifen konnten. Kein Baum, kein Strauch, kein Gras fingen Feuer. Es hatte sich niemand, auch kein Tier, im Gebäude aufgehalten, darum waren weder Menschen noch kleinere oder größere Tiere verletzt oder verbrannt worden. Ein Wunder war das. Das wusste sie.

Dennoch erfasste ein tiefer, unbekannter Schmerz ihren Körper und ihr Sein bis aufs Tiefste, so dass sie erstarrte und gleichzeitig zitterte. Kein Ton kam über ihre Lippen.

Neben der Zerstörung, die sich vor ihren Augen ausbreitete, sah sie auch die Auswirkung der zerstörenden Feuerkraft auf das Leben der Menschen hier am Ort und auf ihr eigenes Leben vor sich.

Hab und Gut hatte das Feuer genommen, Unterlagen, Fotos, Geld verschlungen. Namen waren zusammen mit den Reisepässen verbrannt.

Ihre Identität schien sich aufzulösen. Vergangenheit zu zerrinnen. Zukunft zu verändern.

Will beugte sich zu ihr und fragte, ob sie schon etwas Schlimmeres erlebt habe als das.

An ihm haftete eine Art Unberührtheit von Ereignissen und Geschehnissen. Jede Minute perlte von ihm ab wie Wasser von der Oberfläche eines Diamanten.

Er bewegte sich von einem Moment zum anderen.

Neu in jedem Moment.

Sie schwieg.

Daraufhin sagte er:

„Then let the fire be what it was: A happening."

„It is like dying", meinte sie nun tonlos.

Da blickte er zu ihr, kaltes Feuer im Blau seiner Augen loderte auf.

„ Also a happening", wiederholte er.

„Simply a happening."

Ein Jahr nach diesem Brand veränderte sich ihr Leben.

Sie verlor ihre Eltern durch einen Autounfall, sie mußte das Haus und die Anwaltspraxis verkaufen.

Irgendwo und irgendwie begann sie als irgendwer ein anderes Leben.

EINEN SOMMER LANG

So plötzlich wie meine Schwester in mein Leben getreten war, genauso plötzlich war sie auch wieder aus meinem Leben gegangen.

Als ich fünfunddreißig Jahre alt war, rief sie mich an einem Nachmittag im Sommer an, sie sagte, sie wohne jetzt im Norden und sie könne mal vorbeikommen.

Wir waren Halbschwestern. Sie hatte ihre Kindheit mit ihrer Mutter und unserem Vater irgendwo in der Welt verbracht, ich war bei meiner Mutter hier im Norden aufgewachsen. Wir waren uns niemals zuvor begegnet.

Einige Tage nach unserem Telefonat erschien bei meiner Bilderausstellung in der Galerie eine zierliche Frau mit sanfter Stimme: Lynn, meine Halbschwester, von der ich bisher noch nicht einmal ein Foto gesehen hatte. Ihre kurzen, welligen Haare waren fast schwarz – ganz im Gegensatz zu meinen glatten, hellblonden Haaren. In ihren blauen Augen lag ein tiefes Verständnis für die Welt und das Leben, und ich spürte, dieses tiefe Verständnis würde uns verbinden.

Die Welt erleben und fühlen, bis nichts mehr in Worten auszudrücken war. Die Tiefe des Meeres ahnen. Die Wunder in den Farben der Blüten sehen. Sich vom Ineinanderfließen des Lebens leiten lassen.

Morgen und Abend. Anfang und Ende. Einatmen und Ausatmen. Auf der Suche nach Antworten auf Fragen, die in uns allen steckten. Die Schauplätze waren das Außen und das Innen. Wir wussten davon, aber es gehörte nicht in den Alltag.

Lynn war Journalistin, sie lebte mit dem Zeitgeschehen und schrieb Artikel über Alltäglichkeiten und Besonderheiten für eine Lokalzeitung.

Dabei gebe es keinen Platz für Sentimentalität, wie sie betonte. Mit Kunst setzte sie sich nicht auseinander, es war nicht ihr Ressort.

Aber das Betrachten meiner Bilder ließ sie aufatmen und die Farben wirkten auf sie, so dass sie kurz selbst die Stille erlebte, die in den Farben lag.

Auf einmal sagte sie: „Ich mag die Durchsichtigkeit einer Wasseroberfläche."

Ich malte Wasser und Licht mit Aquarellfarben. Mich faszinierten Wasser und Licht.

Sie betrachtete wieder das Bild, wandte sich erneut zu mir, um zu fragen:

„Was liegt unter der Wasseroberfläche?"

Unsere Augen trafen sich. Verwundert erkannte ich in ihr die Schwester, deren Gegenwart ich schon immer gespürt hatte, und ich war überzeugt, auch sie hatte meine Gegenwart schon immer gespürt. Nun war sie da, in meinem Leben, und wollte ich es verhindern, hätte ich mich sofort abwenden müssen. Wollte sie es verhindern, hätte sie keine Minute länger bleiben dürfen. Aber unsere Neugierde war größer. Sie war meine zwei Jahre jüngere Schwester und äußerlich waren wir sehr unterschiedlich, dennoch schienen wir Ähnlichkeiten auf anderen Ebenen zu haben.

Wir standen vor den Bildern. Lynn entfaltete ihre Gedanken beim Betrachten der ruhigen Wasseroberflächen und der verschiedenen Blautöne des Ozeans. Sie wollte unter die Oberfläche tauchen, um hineinzusehen in das tiefe Blau des Hintergrunds.

Ich stellte mir währenddessen vor, wie meine Schwester als Siebenjährige am Fluss gesessen hatte, der die alte Stadt im Norden durchzog, in der ich noch immer wohnte und in der sie in den ersten Jahren ihres Lebens auch gelebt hatte: Ihre Füße baumelten im klaren Wasser und sie hatte ein Schiff aus Blättern auf die Oberfläche gesetzt, das nun steuerlos den Strom hinabfloss, mit all der Hoffnung ihres Kinderherzens für eine gute und lange Fahrt.

„Ich hatte wenig Kindheit", sagte sie und ich spürte das Kind, das sie immer noch war, und sah nun vor meinem inneren Auge, wie sie in den Straßen der kleinen Stadt spielte:

Übermütig lief sie vor den anderen Kindern her, versteckte sich hinter den alten Mauern der Häuser und ließ sich nicht finden, wenn sie nicht wollte. Dabei dirigierte sie die Kindergruppe so, wie es ihr in den Sinn kam. Wer nicht mitspielte, wurde von ihr weggeschickt. Sie verlor nie die Übersicht im Geschehen.

Deshalb schaute sie auch jetzt auf ihre Uhr. Es gab nämlich an diesem Tag für sie noch einen Termin wegen einer politischen Kundgebung. Aber ihre Augen verfingen sich erneut in den Farbenspielen des Aquarellwassers und die Überlegenheit wich unmerklich aus ihrer Haltung. Eine für andere nicht sichtbare Verletzlichkeit schimmerte im Dunkelblau ihrer Augen, als sie sagte:

„Ich kenne Gedichte, die genau zu diesen Bildern passen."

Sie zeigte auf ein türkis-blaues Wasserbild. Unmerklich bahnte sich ein Weg zu von ihr zu mir. Zwischen uns begann ein Wechselspiel. Ihre Welt. Meine Welt. Die äußere Welt. Die innere Welt. Die Welt hinter der Welt. Und das Eintauchen bis auf den Grund dieser Welten.

Nach einem plötzlichen Räuspern und einem weiteren Blick auf das Aquarellbild traf Lynn die Entscheidung, ein Bild aus meiner Sammlung zu kaufen.

Ich bestand darauf, ihr das türkis-blaue Wasserbild zu schenken, und als ich es ihr reichte, meinte sie unvermittelt:

„Du bist einsam."

„Ich denke nicht", entgegnete ich erstaunt, „denn ich habe viele Kontakte, treffe dauernd Leute, unterhalte mich ständig mit irgendjemandem."

„Da ist Einsamkeit."

„Ich rede mit genügend Menschen. Täglich treffe ich neue Leute. Und am Ende des Tages kommt mein Partner nach Hause."

„Aber ihr lebt in Einsamkeit."

„Wir leben in Zweisamkeit, wenn es die Zeit zulässt. Wir sind beide sehr beschäftigt."

„Die Einsamkeit ist in dir, ich sehe sie in deinen Augen. Es ist die Kälte, die du spürst, wenn dir bewusst wird, dass du für dich bist. Immer. Das Wissen von diesem Immer."

Nach diesem ersten Kennenlernen beschlossen wir, uns wieder zu treffen.

Wir trafen uns den ganzen Sommer lang.

Bereits sehr früh in meinem Leben hatte ich erfahren, dass es eine Halbschwester gebe und dass sie in derselben Stadt hier im Norden wohne. Darum schrieb ich als Kind manchmal eine Nachricht für sie auf winzige Zettel, die ich anschließend in der Stadt und am Fluss verteilte.

„An meine Schwester", hatte ich geschrieben, „wo bist du? Ich denke oft an dich. Melde dich bei mir. Ich wohne in der Brückenstraße."

Ich stellte mir auch vor, meine Schwester würde am Fluss sitzen und einen solchen Zettel finden: „Abendruhe hatte sich in der Stadt ausgebreitet, das Spielen und Lachen der anderen Kinder waren verklungen, die Türen wurden nach und nach verschlossen, gedämpftes Licht leuchtete aus den Fenstern. Hier am Fluss in der Abenddämmerung aber saß noch meine Schwester, und auf der Wasseroberfläche trieb träge ein Stückchen Papier, das plötzlich von einem Strudel angezogen wurde und im Kreis zu tanzen begann. Unwillkürlich griff sie nach einem über dem Wasser hängenden Ast, brach ihn ab und fischte damit den Zettel heraus.

‚Eine Nachricht´, dachte sie beim Entfalten.

Aber bevor sie die Worte gelesen hatte, riss ein Windstoß den Zettel wieder aus ihrer Hand."

So hatte sie meinen Gruß nicht gelesen.

Es gab keinen Kontakt, aber ich spürte einen Silberfaden zwischen uns.

Wenn ich dem Regen zusah, wusste ich von ihrer Anwesenheit. Wenn ich im Fieber träumte, saß auch sie an meinem Bett und erzählte vom Sommerwind. Wenn ich durchs Gras lief, lief sie neben mir und lachte. So begleitete sie mich in meinen Gedanken über Entfernungen und Zeiten.

Nun waren wir uns begegnet, und Lynn war nicht die Schwester, wie ich sie mir einst vorgestellt hatte. Im Auftreten wirkte sie eher streng, was durch das schwarze, zurückgekämmte Haar unterstrichen wurde. Sie vermittelte den Eindruck, alles im Griff zu haben – sie schien sich zumindest den Zwang anzutun, alles im Griff zu haben, denn sie lebte nach Prinzipien und hatte Fundamente geschaffen. Ein Ordnungssystem verdrängte ihre Ohnmacht. Alles gehörte an seinen Platz, die Gefühle eingeschlossen.

Ihre Schönheit lag in ihrem Wesen, im Leuchten ihrer Augen, in der Behutsamkeit ihrer Bewegung, in der Nachdenklichkeit ihres Blickes, in ihrer untergründigen Traurigkeit und in ihrem plötzlich heiteren Lachen. Ihre Sicherheit konnte einer verletzlichen Unsicherheit weichen, ihre Festigkeit schlug um in Labilität, ihr Wille konnte sich auflösen, sobald sie einen Menschen liebte.

Als sie meine Bilder in der Galerie betrachtet hatte, zeigte sich mir ein Wesen, das mit seiner ganzen

Schönheit und seinem Reichtum auf dem Grund eines Meeres verloren gegangen war.

Das war das wirkliche Selbst, unberührt, ursprünglich, stark und lichtvoll.

Mit diesem Selbst spürte ich Verbundenheit. Aber eine Mauer aus Disziplin und logischen Denkstrukturen stand dazwischen.

Schon einige Tage nach unserer ersten Begegnung brachte Lynn einige Gedichte, die sie in ihren Unterlagen gefunden hatte, in die Galerie. An ihnen haftete etwas Unerfülltes, Suchendes, Hoffendes aus einer Zeit, bevor die Welt der Tatsachen für sie übermächtig geworden war.

Sie lachte, als sie mir die Gedichte auf den Tisch legte und sagte:

„Damals war ich ziemlich naiv. Ich glaubte noch an die wahre Liebe, wartete auf den Prinzen wie jedes Mädchen. Es waren Märchen."

„Märchen können wahr werden."

„Und warum kam kein Prinz?"

„Du hast ihn nicht erkannt", antwortete ich. „Wahrscheinlich ist er an dir vorbeigegangen."

„An mir ist ein Physiker vorbeigegangen und sein Körper versetzte mich in die Welt der Materie. Das zählte: diese berechenbare Welt mit einem plötzlichen Ausbrechen in Momente der Ekstase. Das Wasser hier auf diesem Bild, so aufgewühlt, das ist so ein Ausbruch."

Ich spürte, wie sich etwas in mir zusammenschnürte, mein Körper erstarrte durch die Erinnerung an ein einschneidendes Ereignis. Denn der gemalte Sturm fiel tatsächlich aus der Sanftheit der übrigen Bilder heraus, wirkte bedrohlich, zerstörend, vernichtend und entstand, nachdem ich ein Kind in der achten Schwangerschaftswoche verloren hatte.

Eine große Liebe hatte ich erlebt: Jung schauten wir uns in die Augen und wussten, dass wir uns liebten. Um mich herum tanzten Schmetterlinge ihren Traum. Rosafarbene und hellblaue Bänder, durchsichtig und leicht, umwickelten mich spielerisch, bevor sie sich lösten und davonflogen, wie von Engelsflügeln bewegt. Leben war entstanden. Heiterkeit, Freude, Zukunft lagen vor uns, den Liebenden, bis zu diesem Morgen, als mein Achat mit dem kristallinen Einschluss ohne Anlass zu Boden fiel, wo er in mehrere Teile zersplitterte. Sofort dachte ich entsetzt an das Ungeborene und dessen Schutz und Wachstum in meinem Schoß. Der Achat war schon seit einiger Zeit an einem Faden im Fenster zum Garten befestigt gewesen, funkelte im Licht, schien mir zuzublinzeln, und seit dem Beginn der Schwangerschaft zeigte sich der Grund seiner Anwesenheit, nämlich das in mir wachsende Leben zu schützen.

Aber als ich diese Bewegung machte, diese kleine Drehung nach links mit der Hüfte, durchschoss ein greller Schmerz vom Rückgrat ausgehend meinen Unterleib und ließ mich ohne Halt zu Boden fallen. Wellen schlugen über mir zusammen. Auf dem Weg zum Hospital setzten die Blutungen ein, im Operationssaal wurden die Geräusche nach dem Erhalt der Narkosespritze ferner. Der Schmerz versank mit mir in der Tiefe, ein willenloses Hineingleiten in einen ungewissen Schlaf, daraus ein Erwachen mit neuem Schmerz. Grelles Tageslicht zog mich wieder hinauf ins Bewusstsein.

„Alles ist gut gegangen", sagte mein Partner. „Du hast die Operation gut überstanden, aber das Kind war nicht zu retten."

„Es ist erschlagen worden!", schrie ich entsetzt auf. „Jemand hat ihm den Schädel zertrümmert."

„Nein, es war einfach eine Fehlgeburt, du hast noch Fieberträume, aber die vergehen und dann wird alles wieder gut."

„Als der Achat zersprang, hat jemand das Kind auf den Boden geschleudert!"

„Es war noch ein Embryo, winzig. Deine Blutwerte waren schlecht, vielleicht zu viel Stress, beides kann eine Fehlgeburt auslösen."

Deutlich sah ich ein zerschmettertes Neugeborenes vor meinen Augen, ich weinte vor Schmerz und Verlust. Man verabreichte mir ein fiebersenkendes Mittel, damit meine seltsamen Bilder verschwinden und in Vergessenheit geraten konnten.

Später überkam mich das seltsame Gefühl, etwas in meinem Leben würde nicht so sein, wie ich glaubte, dass es war. Hinter den Worten und Taten schienen sich unsichtbare Wahrheiten zu verstecken. Ich stand vor den Aquarellbildern und plötzlich waren sie belanglose Farben in belanglosen Formen.

Mein Partner hatte gesagt, alles werde wieder gut und wie vorher sein. Und er hatte noch hinzugefügt, dass er auch traurig sei, ein Kind verloren zu haben.

Aber tatsächlich brauche er seine Kraft und Zeit für seinen beruflichen Weg und seine Karriere. Und auch ich solle an meine Karriere als Künstlerin denken.

Er hatte gesagt, ein Kind passe da überhaupt nicht in sein Leben.

Die Farben und Formen in den Bildern lösten sich daraufhin wie ein wirres Farbenband aus dem gemeinsamen Leben heraus, das in lauter kleine Scherben zerfiel. Das war der Moment, in dem ich den Sturm in mir spürte und ihn in düsteren Farbklecksen und wilden Farbspritzern festhielt. Meine innere Realität wurde sichtbar. Ich begann ohne Absicht und ohne Rücksicht zu malen. Danach legte ich die Aquarelle in Mappen und stellte diese in eine Ecke des Zimmers, um darüber zu schweigen.

Ab und zu fanden Ausstellungen in einer Galerie statt, die von meinem Partner organisiert wurden und in der ich als Künstlerin anwesend war. Verkäufe sollten zeigen, dass diese Arbeiten einen Sinn ergaben.

Lynns fragende Augen brachten mich in die Gegenwart zurück, aber bevor sie ging, konnte ich nichts mehr sagen als:

„Der Ausbruch war ein Einbruch."

Danach malte ich das Wiedersehen mit meiner Schwester in gelben Farbtönen, es wurde ein Zitronenfalter-Sommertag-Bild.

Als sie mich wieder in der Galerie besuchte, zog sie ein weiteres Gedicht aus ihrer Tasche hervor. „Dieses Gedicht über das Sonnenglas gleicht dem neuen Bild", sagte sie.

„Lies es mal vor!", bat ich sie.

Das Lesen der Worte erzeugte einen leichten, fast beschwingten Rhythmus. Flatternde Schmetterlinge erfüllten den Raum.

Die vertrauten Zeilen füllte Lynn mit Erinnerungen an eine große Liebe, von der sie mir erzählte:

Eine große Liebe hatte sie erlebt. Jung hatten sie sich in die Augen geschaut und hatten gewusst, dass sie sich liebten. Intensiv. Für immer. Schon bald war es wieder vorbei gewesen.

Schweigend standen wir uns gegenüber.

„Märchen können nicht festgehalten werden", sagte sie in die Stille hinein. „Sobald wir sie festhalten wollen, zerstören sie sich selbst."

„Sie bestehen aus Augenblicken, und wir müssen sie gehen lassen", fügte ich hinzu.

Grelle Sonne leuchtete nun zu uns ins Zimmer und öffnete ein Tor, durch das ich eine andere Welt und ein anderes Wissen wahrnahm. Worte tauchten wie aus dem Nichts in mir auf:

„Ein helles Licht weist uns den Weg in den anderen unsichtbaren Teil der Welt.

Direkt neben uns können wir eine andere Dimension betreten,

lichtdurchflutet und klangerfüllt,

empfangen mit Wärme und Liebe von tanzenden Wesen, die lachen wie helle Glocken und uns ihre Hände entgegenstrecken.

Wir sind nicht unser Körper, wir sind nicht unser Verstand, wir sind nicht unsere Gefühle.

Wir sind Wesen, die sich durch Körperlichkeit, durch Denken und durch Gefühle ausdrücken, solange wir auf der Erde leben.

Aber während vieler Leben haben wir durch unser Handeln Leid verursacht, dem wir wieder und wieder begegnen.

Inkarniert in unseren Körpern

verhindert die Materie den Blick zurück,

und wir leben die Vorstellung von einer Welt, nicht die Wahrheit.

Darum haltet die Hände und die Herzen denjenigen gegenüber offen, denen ihr begegnet, um durch Liebe und Verzeihen frei zu werden."

Meine Schwester begann weiter aus ihrem Leben zu erzählen:

„Meine zweite Heimat wurde Sri Lanka, dorthin zog es meine Eltern, als ich acht Jahre alt war. Vater – unser Vater – war als Agrarwissenschaftler für Teeplantagen zuständig.

Wir lebten dort mitten im Hochland in einem wunderbaren, grünen Paradies: weite, sanfte Teefelder umgeben von zerklüfteten Bergen und dunklen Wäldern. Tag für Tag der Duft aus den Tälern, die orangene Sonne hinter verschleierten Wolken, die Gesänge der Pflückerinnen auf den Teeplantagen.

,Ta na ne. Ta na ne. Ta na ne. Ta na', sangen sie. Ich fühlte mich geborgen in diesem Gesang."

Mit beiden Händen hielt sie die Teetasse wie eine leichte Schale, aus der sie sehr bewusst kleine

Schlucke nahm. Fast ein wenig feierlich wirkte sie durch ihre gerade Sitzhaltung. Dabei ließ sie ihren Blick in den Raum hinein und zugleich hinaus ins Unendliche schweifen.

Wie aus dem Nichts blitzte plötzlich das Bild einer jungen Chinesin vor meinen Augen auf. Aber es war nur ein Lichtstrahl, der aus dem orangenen Stein ihrer Kette aufleuchtete.

Intuitiv legte sie ihre Hand auf den Stein.

„Ein Geschenk von Vater", fuhr sie fort, „ein spezieller Saphir, den ich erhielt, als ich zum Studium nach Deutschland ging, und der mich immer wieder zurückbringen sollte, in diesen anderen Teil der Welt.

Das hat der Stein auch einige Male gemacht, solange bis Vater bei einer Tour ins Innere der Insel plötzlich verunglückte und starb. Danach löste sich das grüne Land für mich auf. Jetzt arbeite ich hier als Journalistin. Beruflich werde ich noch einige Zeit in dieser Stadt verbringen."

Ihre Stimme wurde leiser und begann monoton zu singen: „*Ta na ne. Ta na ne. Ta na ne. Ta na.*"

Erneut tauchte das Bild einer jungen Chinesin vor meinen Augen auf, vielleicht hervorgerufen durch den Gesang, eine Erinnerung vielleicht von irgendwoher aus dem tiefen Inneren:

Eine junge Chinesin wog ihr Neugeborenes in den Armen, die Chinesin war ich selbst.

Um das Bild zu verwischen und weitere Erinnerungsblitze zu vermeiden, sprang ich auf, zog die Vorhänge vor die Sonne und fragte: „Warum hast du mich aufgesucht? Warum jetzt?"

„Eine Journalistin geht immer auf Spurensuche, und dein Name tauchte in einem Artikel über hiesige Künstler und Künstlerinnen auf. Das machte mich neugierig auf die vergessene Tochter meines Vaters, die, wie er mal erwähnte, irgendwo im Norden lebe."

„Ja, irgendwo im Norden", wiederholte ich, „irgendwie vergessen."

„Er war von seiner Arbeit immer sehr überzeugt und war auch sehr eingespannt von den Gegebenheiten vor Ort. Europa und alles, was gewesen war, hatte er hinter sich gelassen."

Ich nickte, denn mit dieser Einstellung, alles hinter sich zu lassen und niemals darüber zu reden, wurde auch ich erzogen.

„Stimmt", sagte ich. „Dass es dich irgendwo in der Welt gebe, wurde auch nur mal zwischendurch erwähnt."

Abrupt stellte Lynn die Teeschale auf die Fensterbank, der dabei verursachte scharfe Ton schreckte Ahnungen auf, die noch in meinem Innersten lagen.

„Aber ich habe dennoch gespürt, dass du da warst", fügte ich hinzu.

„Zeig mir mal die wichtigen und schönen Plätze in der Stadt", schlug sie vor, „besonders die Sonnenplätze."

Unsere Blicke trafen sich kurz und unsere Leben hatten sich erneut unmerklich verfangen, bevor sie ging.

~ ~ ~ ~ ~ ~

An einem grauen Sommertag, während ich den Regen beobachtete, drang erneut ein Bild aus meinem Inneren herauf.

Ta na ne. Ta na ne", sang eine junge Chinesin und wog ihr Neugeborenes in den Armen.

Es war unmöglich diesem Bild auszuweichen. Zu stark war das Gefühl, diese Situation erlebt zu haben, eine bleierne Stille zog mein Bewusstsein in die Tiefe, meine Augen schlossen sich: Beißender Brandgeruch lag in der Luft.

Die junge Chinesin war ich selbst vor ungefähr zweitausend Jahren, ein Kind, ein paar Tage alt, lag in meinen Armen. Die Chinesin drückte ihr Kind fest und schützend an ihren Körper, ihr Blick ging ins Leere über eine zerstörte Landschaft hinweg. Erde ohne Saat, Hütten ohne Menschen, Dörfer ohne Leben.

Sie hatte den kriegerischen Angriff überlebt, der die Luft mit Staub, Hitze, Feuer, Gebrüll, Geschrei und Waffengeklirr erfüllt hatte und über Tage die Erde erbeben ließ. Nur einige Meter getrennt vom Blut der Krieger und vom Blut aller, die hier gelebt hatten, lag sie verwirrt und erstarrt in einer Erdhöhle unter Grassoden.

Sie hatte ihren Mann für einen Krieg gehen lassen müssen, der die Macht des Kaisers dieses Reiches in Nordchina sichern sollte. Im frühen Sommer war er wie die anderen Bauern und Bauernsöhne der Dörfer geholt worden, um mit dem Feldherrn, dem großen

Cheng, erste Aufstände an den Grenzen niederzuschlagen.

Zusammen mit den anderen Frauen ihrer Familie hatte sie bis zur Geburt ihres Sohnes die Felder bestellt und die Hofarbeiten erledigt. Dann kam schon der Tag, an dem ein seltsam dumpfes Geräusch des Krieges kaum hörbar die Luft durchschnitt und plötzlich mit gellendem Lärm über sie hinwegfegte, wobei sie in ein Erdloch stürzte, das von einem toten Baum verdeckt wurde.

Reglos, das Kind an der Brust, und doch lebendig in ihrer Angst verharrte sie dort in der Nacht bis hinein in den nächsten Tag, der vor Staub und Hitze den Himmel nicht sehen ließ und mit endloser Stille wieder in grauenvoller Dunkelheit versank.

Geschützt durch die Nacht und angetrieben von Kälte, Durst, Hunger und dem Willen, ihres Kindes wegen zu überleben, kroch sie vorsichtig an die Oberfläche ihres Erdlochs. Hier erspürte sie die vor ihr liegende Zerstörung, die beim Morgengrauen unerträglich wurde und ihr die Luft zum Atmen nahm. Gerade wollte die Flut des Schmerzes über ihr zusammenschlagen, als eine kleine Bewegung des Kindes sie in die Wirklichkeit zurückbrachte, und sie mechanisch, ohne zu überlegen, einen Schritt aus ihrem Schutz hinaustrat.

Da erschallten Stimmen. Ein großer Schatten tauchte vor ihr auf, entriss ihr das Kind und schleuderte es mit Wucht zu Boden, wo es laut- und regungslos liegenblieb. Mit tonloser Stimme befahl der große Feldherr den Soldaten, sie ins Lager zu bringen.

Einige Bedienstete aus der Begleitung des großen Cheng kümmerten sich dort mit Sorgfalt und medizinischem Wissen um ihren geschwächten Körper. Sie flößten ihr Wasser ein, dann Tee aus heilenden Kräutern, wuschen sie, kleideten sie in frische Seide, steckten ihre glänzenden langen Haare im Nacken zusammen, so dass sich ihre Schönheit wieder ausdrücken konnte. Eine Schönheit, in der jugendliche Anmut steckte und die natürliche Kraft erdgebundener Bewegungen.

Die Leere ihrer Augen dagegen zeigte das erloschene Sein. Nicht einmal Trauer barg sie im Herzen. Weder legte sich ein Lächeln auf ihre Lippen noch entwich ihnen ein Dank für die rettende Hilfe. Eingebunden in die Verwüstung ihres Landes und ihres Innern ließ sie die Tage im Gefolge des siegreichen Feldherrn

Cheng ungelebt verstreichen, der sich aufmachte die Kaiserstadt zu erreichen.

In ihrer Brust spürte sie die noch verbliebene Muttermilch für das Kind, die ihr drei Mal täglich abgenommen wurde und die nicht zum Stillstand gebracht werden sollte, denn, hatte ihr jemand zugeflüstert, die Milch werde noch gebraucht. Es hieß, sie müsse für ihre Rettung bezahlen und komme in den Dienst der Frau des großen Cheng.

Teilnahmslos nahm sie das Gehörte hin, denn ihr Leben war mit dem zertrümmerten Schädel des Kindes ebenfalls zerstört. Doch manchmal erweckte ein Aufblitzen von schmerzender Trauer, Hass und Zorn die Leere im Herzen zu einem unermesslich starken Lebenswillen, in dem einzig und allein der Wunsch nach Rache entflammte und zu lodern begann.

~ ~ ~ ~ ~ ~

Wie aus einem bösen Traum schreckte ich mit einem plötzlichen Ruck auf. Regentropfen rannen an den Fensterscheiben hinunter. Vom Wind getrieben liefen die Tropfen schräg am Glas entlang und bildeten graue, schmale Rinnsale.

Unwillkürlich dachte ich an die Begegnungen mit meiner jüngeren Halbschwester, Journalistin, aufgewachsen bei unserem Vater in Sri Lanka. An ihr haftete durchaus etwas Fremdes, etwas Ungewöhnliches. Einerseits Kälte und Verschlossenheit, andererseits Wärme und Offenheit, dazwischen eine unberechenbare Gefährlichkeit.

Die Gefährlichkeit eines „Cheng" fiel mir ein, aber dazu passte nicht das Mitgefühl in ihrer Stimme, nicht die Heiterkeit in ihrem Lachen.

Beunruhigt von meinen Wahrnehmungen rief ich Lynn an.

„Einige Passagen aus den Gedichten gehen mir nicht aus dem Sinn", sagte ich.

„Die Verse sprechen doch nur von verklärter Liebe voller Vorstellungen und Wünsche und Hoffnungen. Es sind nur Erinnerungen an eine andere Zeit", meinte sie mit einem leichten ironischen Unterton in der Stimme.

„Liebe verklärt nicht", warf ich ein. „Sie klärt, denn du lebst intensiv, du spürst intensiv, du fühlst, du bist einfach da. In der Gegenwart. Ausgelöst durch denjenigen, den du liebst. Unwichtiges fällt einfach weg."

„Du siehst die Wirklichkeit nicht", stellte sie fest.

„Ich bin in meiner Wahrnehmung so realistisch wie unser Vater. Er sagte immer, die Wirklichkeit sei die, dass Blätter grün sind, weil sie Chlorophyll produzieren."

„So grün kann Chlorophyll gar nicht sein. Bei Blattgrün kommt mir Chlorophyll auch nicht in den Sinn, sondern da ist Leichtigkeit, da sind fein gesponnene Adern, Sonnenflecke, helle und dunkle Schatten, Seidengrüntöne."

„Du siehst mehr, als da ist", sagte sie lachend. „Wahrscheinlich steckt auch mehr als nur Farbe in deinen Aquarellen." Wieder war da ein leichter Anflug von Ironie in der Stimme.

Sprachlosigkeit überfiel mich bei ihren Worten, die auch eine ungewohnte Schärfe in sich trugen. Rückwärts gingen meine Schritte, bis ich gegen die Wand stieß.

„Und übrigens", fügte sie noch hinzu, „nach meinem letzten Galeriebesuch begegnete ich deinem Partner. Er hatte es ziemlich eilig und stolperte die Stufen hinauf. Er hat sich entschuldigt und gesagt, er müsse schnell zu seiner Frau."

Eine Art Lähmung erfasste mich.

„Er ist sympathisch", sagte sie, „wirklich, sogar ziemlich sympathisch."

Damit war das Telefonat beendet.

Erneut kam das undeutliche Gefühl auf, etwas in meinem Leben sei nicht so, wie ich glaubte, dass es sei. Diese Wahrnehmung hatte sich seit einiger Zeit immer wieder eingeschlichen und war sehr deutlich geworden, als mein Partner an jenem Tag, nachdem Lynn ihn getroffen hatte, in der Galerie erschienen war und wir ein Gespräch geführt hatten.

„Ich bin mir nicht mehr sicher, ob mir deine Bilder wirklich gefallen", hatte er gesagt.

„Bisher warst du von meiner Malerei überzeugt."

„Nun bin ich mir nicht mehr sicher."

„Ich male schon jahrelang."

„Dennoch ohne Erfolg."

„Aber du hast mich immer unterstützt."

„Ich habe deine künstlerische Arbeit unterstützt, obwohl da immer wieder Zweifel an dieser Art von Kunst aufgekommen sind", hatte er gesagt.

Ich schwieg.

„Jetzt überzeugt sie mich nicht mehr", hatte er dann hinzugefügt.

Der Regen schlug noch weitere Tage gegen die großen Scheiben, die Blumen und Gräser brachen mitten im Sommer.

Es zerbrach auch meine Partnerschaft.

Und immer wieder brachen Erinnerungen aus dem Leben der jungen Chinesin auf.

~ ~ ~ ~ ~

Der große Feldherr Cheng zog siegreich in seine Stadt ein, er hatte für den Kaiser tausende Männer des Reiches geopfert, Dörfer und Städte verwüstet, verdorrte Erde hinterlassen, über Leben und Tod entschieden. Er zeigte sich nun großzügig angesichts seines Erfolges und der daraus resultierenden Dankbarkeit des Kaisers. Er stellte die kleine Bauersfrau, deren Kind er zerschmettert hatte, in seinen Dienst. Sie wurde die offizielle Geburtshelferin und Amme.

Jeder und auch sie wusste, welche Ehre ihr damit erwiesen wurde, weil sie dieser Position standesgemäß nicht entsprach. Aber sie erkannte darin eine Geste des Bedauerns und der Wiedergutmachung des Geschehenen, eine Art von hilfloser Entschuldigung und einen Anflug von Lebendigkeit im Herzen eines Kriegers.

Doch sie wurde nur kurz davon berührt und betrachtete diese Wahrnehmung aus der Ferne. Schon bald verfing sie sich wieder in ihrem Hass, der fortan zum Lebensquell wurde. Das Geschehen um sie herum wurde zur Kulisse.

Feine Seide legte leuchtende Farben um den Körper einer Frau, der den Sohn des großen Cheng trug. Der Leib wölbte sich bereits stark unter den Tüchern. Die Geburt des Kindes stand kurz bevor. Trotz anderer zahlreicher Kinder des Feldherrn stellte dieses noch Ungeborene den rechtmäßigen Erben dar, hervorgegangen aus der Verbindung mit einer Frau aus einer angesehenen, standesgemäßen Familie des Reiches. Die Frau war jung und ungefragt, ihrer Pflicht gehorchend, verheiratet worden und hatte sich in den Dienst des großen Cheng begeben müssen.

An ihre Seite trat nun das ehemalige Bauernmädchen, dessen gebrochenes Leben eine stille und geschmeidige Anpassung hervorgebracht hatte.

Die Frau in den leuchtenden Farben der Seide schien zur Kulisse des Hauses und des Gartens zu gehören. Ihre Lebendigkeit lag eingebunden in der untersten Schicht ihrer Tücher. Sie wirkte teilnahmslos. Aber zur Zeit der aufgehenden Sonne, wenn sich der Zauber des ersten Lichts auf ihr Gesicht legte, schoss ein Strahl von Leben in ihre dunklen Augen.

„Ein neuer Tag", sagte sie hoffnungsvoll und warf einen Blick zu der zukünftigen Amme. „Ob das Kind heute kommen wird?"

„Vielleicht! Vielleicht heute, ja, meine Herrin."

„Ich würde das Kind gern heute noch begrüßen."

„Habt Geduld, Herrin."

„Ich würde es gern heute Abend noch in den Armen halten. Aber ich fürchte mich vor der Geburt."

„Sie wird gut verlaufen, meine Herrin. Alles ist bereits vorbereitet."

„Du hast in einem Dorf gelebt, du bist die Tochter eines Bauern. So kannst du aussprechen, was andere mir verschweigen. Und du hast schon ein Kind gehabt. Erzähl mir von der Geburt deines Kindes."

„Meine Herrin, erste Frau des großen Feldherrn, es ist mir nicht erlaubt, Euch davon zu berichten."

„Nenne mich bei meinem Namen, du weißt, wie ich heiße. Du bist die Einzige, die ohne Vorbehalte zu mir sprechen kann und die mir helfen könnte, indem sie von den Dingen und Vorgängen spricht, von denen sie weiß."

„Meine Herrin, vergebt mir, wenn ich Euch nicht mit Eurem Namen anspreche, denn es ist mir nicht erlaubt.

„Das ungeborene Kind muss leben, es ist wie mein eigenes Leben. Es wird das Dasein meines Herrn und mein eigenes Dasein sichern. Es ist der Sohn, mein Sohn."

„Er wird leben."

„Sei bei mir, denn ich habe Angst, dass dem Kind ein Leid angetan wird."

„Ihr seid gut aufgehoben, Herrin. Die Geburt wird von weisen Frauen betreut. Euch und Eurem Kind wird kein Leid geschehen. Niemand wird es wagen."

„Bist du sicher? Es gibt gegnerische Kräfte am Kaiserhof, die den großen Feldherrn, unseren Herrn, stürzen wollen."

„Ihr seid in Sicherheit, Herrin, und Euer Kind wird ein gesundes, schönes Kind, so wie mein Kind …"

„Erzähl mir von deinem Kind, von deinem Leben, bevor du in meinen Dienst kamst."

Diese Worte fanden einen Weg zu den verschütteten Erinnerungen der Amme und lösten die Tränen. Zurückgehaltene Lebendigkeit brach durch ihren Körper.

~ ~ ~ ~ ~

In Gedanken bat ich Lynn um einen Anruf, und tatsächlich wählte sie zwei Stunden später meine Nummer. Aus Versehen, wie sie erwähnte. Bei der Gelegenheit fragte sie noch, ob ich Zeit hätte, bei ihr vorbeizukommen.

Ein Silberfaden schien uns erneut zu verbinden und ein Engel schien zu sprechen:

„Lasst Erinnerungen euch ausfüllen, damit ihr sie loslassen könnt.

In der Vergebung liegt der Weg zur wahren Freiheit.

Der Wind trägt eure Liebe zu denen, die euch verrieten,
betrogen, misshandelten und sogar töteten.
Denn sie waren der Wahrheit fern."

Wenig später befand ich mich in Lynns kühl eingerichteter Wohnhalle, ausgestattet mit graublauen Bauhausmöbeln, überdimensionalen Schwarzweißfotos, einem riesigen Bildschirm und modernster Computeranlage. Sonne flutete wehende, weiße Vorhänge und wärmte mich inmitten dieser Kühle. Aus der Küche drang der leise Porzellanton, der entsteht, wenn Geschirr auf ein Tablett gestellt wird.

Einige Minuten später stand Lynn mit dem Tablett in den Händen im Türrahmen, zuerst überblickte sie das gesamte Zimmer wie eine Leinwand, so als sei sie überrascht.

Aber sie hielt nur kurz inne, lachte dann auf und sagte: „Du machst dich gut in diesem Bild."

„Aber ich verändere deine Umgebung."

„Es ist nur ein kleiner Bildausschnitt. Du stehst mittendrin."

„Er verschwindet, wenn ich mich da herausnehme."

„Alle Momente verschwinden und bleiben dennoch auf einem Film haften. Es kommt darauf an, welcher Bildausschnitt dir bewusst bleibt."

„Diese Aufnahme wirst du dir aufbewahren?"

„Ich verpacke sie in der Erinnerungsecke."

„Du bist also bereits bei der Erinnerung angekommen", sagte ich.

„Und du bleibst am Anfang hängen", sagte Lynn.

Diese Worte bewirkten, dass ich mich zum Fenster bewegte und den Bildausschnitt veränderte.

Das Weiß der Vorhänge vermischte sich mit dem Sonnenlicht und kurz war der Blick ins Innere der jeweils anderen frei. Zwei Schmetterlinge flatterten mit dem Sommer ins Zimmer.

„Bleib eine Weile hier", bat Lynn.

Sie saß mir gegenüber, die Teeschale in ihren Händen, ihre blauen Augen blickten ernst.

„Ich gehörte zu den Kindern, die im Wohlstand aufwuchsen", begann sie. „Meine Eltern zogen aus beruflichen Gründen nach Sri Lanka, als ich acht Jahre alt war. Davor hatte ich auch in dieser Stadt am Fluss gelebt. Fast jeden Tag konnte ich mit anderen Kindern oder auch allein meine Zeit am Wasser verspielen. Daher war meine Kindheit nach dem

Umzug dort am Ufer geblieben wie einer der Steine der Uferbefestigung.

Bevor die große Reise losgehen sollte, packte ich die Dinge, die mir unentbehrlich erschienen, in große Kartons, also Krimskrams wie kleine Glaskugeln, Vogelfedern, Zeichenstifte, bunte Armreifen, Bücher und Fotos und Aufkleber, eine Puppe und einige Stofftiere.

Meine Katze wurde bei Freunden untergebracht, von einem Tag zum anderen war sie verschwunden. Mir sollte der Abschied erspart bleiben, aber so nahm ich niemals Abschied, nicht von der Katze, nicht vom Fluss.

Seltsamerweise verschwanden die mit Krimskrams bepackten Kartons auf der Reise, es kamen nur große Kisten mit einigen nützlichen Gebrauchsgegenständen wie Geschirr, Haartrockner und Kleidungsstücken – darunter die Cocktailkleider meiner Mutter – an.

Da seien wohl einige Kartons vom Schiff gefallen, meinte mein Vater, und meine Mutter schlug vor, ich könne mich doch mit anderen neuen Dingen beschäftigen, denn ich sei ein vernünftiges Mädchen und würde noch viele Jahre in diesem Land mit einer völlig anderen Kultur leben.

,Ta na ne. Ta na ne', sangen die Pflückerinnen auf den Teeplantagen. Wenn ihre Kinder einen Schmerz verspürten, nahmen sie sie in die Arme und hielten sie so lange fest, bis der Schmerz nachließ und sie alle wieder lachen konnten. Das Lachen der Menschen und die Farben der Sonne fluteten durch die grünen Landschaften und trugen meinen Schmerz über den Verlust und das Alleinsein mit sich. Ansonsten versteckte ich ihn hinter der Strenge meiner Schuluniform, meiner Ernsthaftigkeit und meinem Wissensdurst sowie hinter den gesellschaftlichen Umgangsformen der dort lebenden Europäer."

„Und was wurde aus deinen Freunden? Deinen kleinen Kinderfreunden?", fragte ich.

„Es gab es keine Freunde mehr", antwortete Lynn. „Ich konnte mit Freundschaften wegen des Endes nichts mehr anfangen."

„Du hast keine Freundschaft mehr geschlossen?"

„So gab es kein Ende."

„Vielleicht findest du zurück zu einem Gefühl von Freundschaft, wenn wir die Plätze am Fluss

aufsuchen, an denen du als Kind gespielt hast",
schlug ich vor.

Lynn nickte zusagend, und unsere Welten wurden
durch Vergangenheit und Gegenwart verbunden.
Sonnenlicht verfing sich in der Bewegung der
Gardinen und warf einen tanzenden Schatten an die
Wand.

Eine weitere Erinnerung aus dem Leben im alten
China trat daraus hervor.

~ ~ ~ ~ ~

Die junge Chinesin wusste inzwischen um die
Gefahr für das ungeborene Kind der ersten Frau des
Feldherrn Cheng.

Am Kaiserhof hatte sich die Ansicht über eine
gemilderte Form der Expansionspolitik durchgesetzt,
der Feldherr wurde offiziell wegen seiner harten
Vorgehensweise während der kriegerischen
Auseinandersetzungen – in Wirklichkeit aber wegen
seiner Machtstellung – kritisiert. Überlegungen, ihn
zu übereilten Entscheidungen und Handlungen zu
provozieren, die ihm Amt und Stellung nehmen
konnten, wurden erwogen.

Die Geburt seines Sohnes wurde jedoch mit großen Festlichkeiten gefeiert.

Das kleine Wesen lag zufrieden an der Brust seiner Amme, seine Zerbrechlichkeit und Schutzbedürftigkeit brachten das Gefühl von Mutterliebe zurück. Anstelle ihres eigenen Kindes wünschte sie sich, dieses Kind zu lieben, zu nähren, zu versorgen und aufwachsen zu sehen. Sie bewunderte sein seidiges Haar, seine zierlichen Finger, seine zarte Haut, die leichten Atemzüge, die ersten leisen Laute, sein unschuldiges Dasein. Schönheit und Anmut waren in seinem Wesen bereits angelegt, ein tiefes Strahlen ging von ihm aus, Frieden verbreitete sich.

Auch seine Mutter war ein solches Wesen, dachte die Chinesin und schaute hinüber zu ihr. Sie erschien in ihrer Erschöpfung nach der Geburt innerhalb ihrer inneren Mauern noch zerbrechlicher und einsamer.

„Herrin, Euer Sohn, möchtet Ihr ihn im Arm halten?"

Ein Lächeln strahlte aus dem unendlichen Braun ihrer Augen, als sie ihn zu sich nahm, und sie sagte:

„Das Kind bringt meinem Leben einen Sinn."

„Ein wunderschönes Kind."

„Und du, Amme, wirst mir helfen und du wirst da sein, was auch immer geschehen mag!"

„Ja, Herrin."

„Du bleibst bei mir, denn du brauchst das, was ich auch brauche: Verständnis, Wärme und Vertrauen."

Sie drückte das Kind fest an sich und fuhr fort: „Und die Freude durch das Kind."

Ihre Blicke trafen kurz aufeinander und ihre Wesen verbanden sich in der Tiefe.

„Gib auf mein Kind acht, ihm darf nichts geschehen. Ich spüre Gefahr."

„Dein Kind ist in meiner Obhut. Niemals lasse ich zu, dass ihm etwas geschieht."

„Es ist mein Leben."

„Herrin, von nun an ist es auch mein Leben."

Plötzlich erkannte ich meine Halbschwester in der Gestalt dieser verzweifelten Mutter, der Frau des Feldherrn.

~ ~ ~ ~ ~

Dieser Sommer am Fluss brachte Heiterkeit und Leichtigkeit in mein aufgewühltes Leben. Am Morgen lag oft ein dünner Nebelschleier auf graugrünem Wasser, das stille Wellen rhythmisch ans Ufer warf. Später am Tage tanzten helle Sonnenpunkte auf dunkler, blauer Wasseroberfläche und ein frischer Wind kühlte die Luft. Das Flattern und Schlagen der Segel kleiner Boote, die dumpfen Motorgeräusche der Ausflugsdampfer, entfernte Schiffssirenen, Gesprächsfetzen von der Uferpromenade, verstreutes Kinderlachen erfüllten die Umgebung. Ich ließ mich in die Wärme solcher Tage fallen, in das quirlige Treiben dieser Mischung aus Ferienidylle und Alltagsleben.

Das Leben flutete dahin, dennoch konnte ich den Abbruch meiner Partnerschaft nicht mehr verhindern, sie löste sich mehr und mehr auf. So begann ich, meine Aquarelle zu verkaufen und meinen Haushalt aufzulösen.

An einem Sommerabend saßen meine Schwester und ich am Wehr, der einen Wasserschwall rasend in die Tiefe sandte und meine Sinne mit hinunterriss, so dass sie beim Aufprall zerstoben, sich mit den Wasserwolken vermischten und auflösten.

Außerhalb der Zeit lagen die Stunden am fallenden Wasser. In die tiefen Ströme der Stille ließ ich mich gleiten, floss in die weiten Ebenen des Seins, verbunden mit allem Leben.

„Das Kind ohne Katze und ohne Krimskrams in einem neuen Land", sagte Lynn in die Stille hinein.

„Deine verlorenen Kindertage am Fluss", fuhr ich fort.

„Ich begann jene Tage zu vergessen, später lachte ich über die Kartons mit den Cocktailkleidern und verachtete die Damen, die derartige Kleider trugen."

„Wahrscheinlich hat jemand deinen Krimskrams-Karton entleert, um ihn daraufhin mit nützlichen Dingen zu bepacken."

„Mit dem Kochgeschirr oder den Hüten meiner Mutter, die sie wegen der Hitze und der ausbleibenden Gelegenheiten nicht hat tragen können", meinte Lynn.

Dann brach ein plötzliches Lachen aus ihr heraus, das auch mich mitriss. Unter uns zerbrachen die Wassermassen und lösten versteckte Tränen.

In Lynn erkannte ich einerseits das Kind vom Fluss, das sie einmal gewesen war, andererseits die Frau des großen Feldherrn Cheng, die sie einst gewesen sein musste.

„Wir haben uns also wiedergefunden", dachte ich in einem Augenblick übermäßiger Freude, und aus unseren inneren Wesen schienen Worte herauszusprudeln:

„Heute können wir lachen vor Freude.

Wir können tanzen vor Freude.

Unser Wiederfinden, unser Erkennen, unser Wissen lassen uns jubeln.

So treffen sich nur in einem Augenblick unsere Seelen, und wir laufen einander entgegen, ergreifen unsere Hände, und Wärme strömt über im Herzen.

Verloren.

Gesucht.

Gefunden.

In der Welt.

Zwei Schwestern. Zwei Brüder. Zwei Wesen."

„Lynn", platzte es aus mir heraus, „erinnerst du dich an China?"

„Ein Land ohne Ende, ein Land ohne Freude", sagte ihre Stimme monoton.

„Wie kannst du es wissen?"

„Ich spüre das."

„Wir könnten dorthin reisen."

„Es gibt kein Zurück", sagte sie mit einer abwertenden Handbewegung, die mich sofort in meine Vergangenheit in China führte.

~ ~ ~ ~ ~

Unruhe lag im Schwarz dieser Nacht in China. Unheil bewegte sich in den dunklen Mondschatten, mehrere hochgestellte Persönlichkeiten am Kaiserhof waren Opfer und Täter zugleich.

Der Sturz des großen Feldherrn Cheng stand bevor, und eine Welle des tiefen Hasses brachte den Gedanken der Rache zurück in das Bewusstsein der chinesischen Amme.

„Jetzt ist der Zeitpunkt für dich gekommen", hatte ihr eine Stimme zugeflüstert, „deine wahre Aufgabe zu erledigen. Nimm den Neugeborenen, den Sohn! Die Saat des Cheng verseucht den Boden und die Welt. Es darf kein Nachfahre überleben. Töte das Kind!"

Ein ungehörter Schrei der Verzweiflung durchzog ihren Körper und brachte die Bilder von blutgetränkter Erde, erschlagenen Bauernsöhnen, geschändeten Frauen und zertretenen Kindern zurück. Schmerz und Ohnmacht bemächtigten sich ihrer.

„Zögere nicht!", sagte die Stimme aus der Dunkelheit.

„Deine Stunde der Rückzahlung ist gekommen. Du bist die vertraute Amme und hast als einzige den erlaubten Zutritt zu den Gemächern der Herrin und des Sohnes. Geh und hole den Sohn!"

Sie fand das ihr anvertraute, kleine Wesen in den Armen seiner Mutter, die es verängstigt an sich drückte und ihm zuflüsterte: „Es ist so weit, sie werden dich mir wegnehmen und töten."

„Herrin", fiel die Amme ihr ins Wort.

„Es ist so weit, sie werden meinen Sohn nehmen und ihn töten", sagte die Mutter in einem leisen, aber schrillem Ton.

„Herrin, seid beruhigt, die Soldaten werden Euch schützen, und ich bin auch bei Euch", flüsterte die Amme und nahm die Mutter in ihre Arme, wiegte sie sanft hin und her, bis sich die Angst in Vertrauen und Müdigkeit verwandelte.

„Nimm mein Kind, Amme! Ich fühle mich so erschöpft."

„Schlaft ein wenig, Herrin!"

„Gebt auf mein Kind acht!"

„Seid unbesorgt, Herrin!"

Nach diesen Worten überreichte sie der Amme das kleine, schlummernde Wesen.

~ ~ ~ ~ ~

„Das Kind!", schrie ich auf.

Eine dunkle Wolke hatte sich vor die Sonne geschoben, wir saßen immer noch am Wehr.

„Was wurde aus dem Kind?", fragte ich etwas ruhiger.

„Du warst gerade in Gedanken versunken", antwortete Lynn. „Irgendwie hast du am hellen Tage geträumt."

„Einen Traum, der kein Traum war", sagte ich tonlos und in dem Augenblick wusste ich:

Die junge Bauersfrau und Amme aus der Provinz hatte noch in derselben Nacht mit dem Kind auf dem Arm die Mutter und das Anwesen des großen Cheng auf heimlichen Wegen verlassen.

Mit Entsetzen blickte ich in die Augen meiner Schwester, der chinesischen Seelenschwester, die verständnisvoll sagte:

„Wahrscheinlich bist du besorgt wegen der Trennung von deinem Partner und wegen der Veränderung deines gewohnten Lebens."

„Es ist nicht einfach", meinte ich achselzuckend.

„Lass uns eine Reise machen", schlug sie vor.

„Niemals nach China", antwortete ich.

„Nach Sri Lanka", sagte sie.

~ ~ ~ ~ ~

Gegen Ende des Sommers fielen die Kastanien zu Boden, beim Aufprall sprangen sie glanzbraun aus den grünen Hüllen und wurden von Kinderhänden gesammelt. Menschen saßen weiterhin an den Ufern des Flusses dieser Stadt, Schiffsmotoren stampften ihren Rhythmus, Möwen kreischten, der Wind frischte auf.

Ich war bereits auf dem Weg zum Flughafen, um mich mit Lynn zu treffen. Meine Reiseunterlagen nach Sri Lanka befanden sich in meiner großen Tasche. Mit dem Verkauf einiger Aquarellbilder hatte ich die Reise finanzieren können, mit dem Auszug aus der Wohnung ohne neuen Wohnsitz hatte ich mir eine größere Freiheit erworben.

An diesem Morgen begleitete mich das Silberband des Flusses aus der Stadt hinaus.

Abflug: 10:30 Uhr.

Ich fand mich pünktlich in der Wartehalle ein, zahlreiche Reisende waren anwesend. Lynn würde eher zu spät als zu früh kommen, wusste ich.

Das Warten auf sie und auf den Beginn der neuen Ereignisse in meinem Leben schien sich kurz in einem Stillstand der Zeit widerzuspiegeln. Das Silberband des Flusses war bereits hinter den Gebäuden des Flughafens verschwunden.

Die Aufrufe zu den anstehenden Flügen erfüllten die Halle. London: 9:30 Uhr. New York. Stockholm. Tokio.

Stetige Ansagen. Wartezeit. Abflug: 10:30 Uhr.

Doch das laute, aufgeregte, eilige Kommen und Gehen der Reisenden und die stetigen Durchsagen von Abflügen und Ankünften der Flugzeuge, das allgemein heitere, hektische Treiben ließen die Zeiger der Uhren bald wieder schneller laufen.

Eine Stunde vor dem Abflug. Noch genügend Zeit zum Einchecken für Lynn.

Aus der Ferne sah ich sie kommen, aus dem Taxi steigen, die Taschen ergreifend auf den Eingang zueilen, an den Menschen vorbei hasten. Einige ihrer schwarzen Haarsträhnen fielen ins Gesicht, der Blick schweifte ungeduldig zur Fluganzeige.

Schon hörte ich sie sagen: „Leider etwas spät, tut mir leid. Verkehrsstau in der Stadt!"

Aber es war nicht Lynn, die mit zu großen Taschen in der Hand die Halle betrat, sondern eine Frau, die nun von einem Herrn begrüßt wurde.

Das Warten fiel mir allmählich schwer, Ungeduld stieg in mir auf und begann, mich innerlich zu zerreißen. Meine Flugunterlagen hielt ich fest in der Hand, und ich beschloss, mich den Reisenden anzuschließen, die Richtung Terminal gingen. Der Zeiger der Uhr brachte mich dem Abflug näher.

Zweifel mischten sich jetzt zu meiner Ungeduld, und der Gedanke kam auf, dass Lynn nicht mehr kommen würde.

Möglicherweise hatte das Taxi an jeder Ampel halten müssen oder sie hatte die Tickets in der Wohnung vergessen und hatte nochmals dorthin zurückkehren müssen.

Vielleicht war sie auch plötzlich krank geworden oder hatte einfach keine Lust mehr verspürt, wieder in die Ecke jener Welt zu fliegen, in der sie aufgewachsen war.

Dann hätte sie jedoch frühzeitig anrufen können, um abzusagen. Dafür wäre Zeit genug gewesen. Aber vielleicht hatte sie keinen Mut gehabt, mir den Abbruch ihrer Reise mitzuteilen.

Vielleicht wollte sie mich einfach still davongehen lassen. Schließlich hatten wir bereits genügend viel Zeit damit verbracht, uns gegenseitig fast alles aus unseren unterschiedlichen Leben mitzuteilen. Wir hatten ausgiebig gelacht und oft auch ohne Worte am Fluss gesessen, einfach im Moment seiend.

Viel Neues würde in schon in naher Zukunft vor mir liegen, sobald ich dieses unbekannte Land betrat. Eine Welt der intensiven Farben und des fremden Zaubers, dröhnende Trommeln, die die Sinne verwirren, bis diese zerschmettern und aus den Scherben Neues hervorgehen lassen.

Bei dieser Vorstellung senkte sich plötzlich ein Schleier über meine Augen und ich nahm das Lärmen und Treiben um mich herum aus der Ferne wahr. Ein Windhauch strich über mein Haar, eine Ahnung ließ den Boden unter den Füßen leicht schwanken, ich stand außerhalb der Zeit. Dies war jetzt, und dieses Jetzt war schon nicht mehr.

Ich sah mich selbst, wie ich neben dem Reisegepäck vor der Abflughalle stand, das Ticket und den Pass in der Hand, wie ich Lynns Telefonnummer wählte und auf das Freizeichen wartete.

Als sie dann sagte, es sei etwas dazwischengekommen, denn sie habe eine neue Liebe gefunden, ging ein Windstoß über mich hinweg.

Als sie noch sagte, dass sie schwanger sei, berührte der Windstoß mein Herz.

Als sie aber den Namen der neuen Liebe nannte, riss der Windstoß den Boden unter meinen Füßen weg.

Es war der Name meines Partners, den ich in diesem Sommer verlassen hatte.

Beide hatten beschlossen, den Kontakt zu mir abzubrechen.

Mein Inneres wurde zu Wind und Wasser, zerfloss in strömendes Blau, zersplitterte in den tosenden Wellen, löste sich auf und veränderte seine Struktur. Abseits vom Flughafenchaos ließ ich mich in das Zentrum und in die Stille meines Sturms fallen.

Mechanisch folgte ich dann dem Aufruf zum Start meines Fluges, folgte den anderen Reisenden in das Innere der Maschine, folgte den Anweisungen des Personals.

Als das Flugzeug gen Himmel startete, glänzte unter mir das Sonnenlicht silbern auf dem Fluss.

Epilog

Ein Engel spricht:

„Bin ich als ANA-AD
durch die Welt gezogen
als Engel des einen Sterns
und fremd in jedem Leben,
lasse ich jetzt fallen
die Fesseln der Verblendung,
um mit den Augen des Lichts zu sehen,
von den goldenen Bändern
gen Himmel zu sprechen,
Sternstraßen zurück
zur unendlichen Liebe des EINEN.

Kann ich nicht bleiben mehr
in dieser unendlichen Wiederkehr des Lebens
und vergesse endlich und untröstlich
die Wege mit euch,
die wir gingen in all den Leben gemeinsam
in Liebe und Hass,
unvergessen solange schon,
erlöst nun durch die Liebe meines Herzens.

Im klaren Licht des EINEN erkenne ich
die göttlichen Wesen, die ihr seid,
und muss euch gehen lassen,
den euren Weg zu finden.
Trauere ich auch noch mit euch
in dieser Dunkelheit,
so ist es meine nicht enden wollende Liebe,
die bei euch bleibt.

Nun lasse ich meine Erinnerungen
an die Erdenleben dahingehen,
denn der Erlösung nahe sind sie
ihrer Schwere wegen nicht mehr zu tragen.
Wie der leichte Wind wird nun meine Seele
als ANA-AD dem Lichte folgen
und die Botschaften des goldenen Lichts verkünden."

DIE PRÜFUNG

Die von außen bunt beleuchteten Diskotheken auf der tropischen Insel füllten sich im Laufe der Nacht mit Besuchern, überwiegend mit jungen und sehr jungen Menschen aus allen Teilen der Welt.

Über den Tanzflächen kühlten Ventilatoren die erhitzte Luft, Musik dröhnte, Bässe bebten, grelle Lichter flackerten und verzerrten die Tanzenden zu blitzartig aufleuchtenden Gestalten. Bewegungen erstarrten sekundenlang zu einer Momentaufnahme.

Wortfetzen, Lachen und Kreischen verfingen sich in den Tönen der Musik und verloren sich darin.

Gleich am ersten Abend ihrer Urlaubsreise hatte sich Ella unter die Tanzenden in der Diskothek nahe am Strand begeben. Sie floss mit ihnen zusammen in die ohrenbetäubende Musik hinein.

Sehr hohe Töne rissen sie aus ihren Gedanken in Gedankenstille, innere Jubelschreie übertönten jeden Aufschrei im Herzen und dumpfe Bässe bebten durch ihren Körper, der sich nun unverletzt bewegte.

Sie sprang in die Luft und drehte sich dabei, sie wirbelte herum, riss die Arme hoch, drehte sich andersherum, ihre Füße folgten dem Takt der Musik in die Orientierungslosigkeit.

Plötzlich schoss ein stechender Schmerz durch ihre Wirbelsäule und verhakte sich dort, wo die Wirbel gebrochen gewesen waren. Ein schriller Schrei stieß durch ihre Kehle in die Musik, sie versuchte gegen Schmerz anzutanzen, aber langsam begann er sie zu lähmen.

Erinnerungen kamen zurück:

Sie fuhr mit dem Motorrad, einer schweren Maschine, über kurvige Gebirgsstraßen.

Die Jungs hatten ihr zugenickt, bevor sie abfuhr.

Sie gehörte noch nicht zur Gruppe.

Wer zur Mitglied werden wollte, musste eine bestimmte Kilometerzahl in einer bestimmten Zeit zurücklegen. Sie hatte eingewilligt, diese Prüfung zu machen.

Der Boss hatte mit dem Daumen nach oben gezeigt und ihr zugelacht.

Sie gab Gas nach einer Kurve.

Sie spürte die Stärke des Motorrads.

Sie sah noch den Steinbrocken auf der Straße bremste, rutschte, schleuderte. Dunkelheit.

Jemand sagte: „Wirbelbruch."

Danach lag sie lange in diesem weißen Zimmer mit den gelben Vorhängen.

Die Jungs kamen nicht vorbei. Kein Anruf von ihnen. Kein Wort vom Boss.

Die Tanzenden steigerten ihre schnellen Bewegungen mit dem anziehenden Tempo der Musik. De Lautstärke wurde erhöht.

Ella schrie nun gegen die Bilder an, die ins Gedächtnis zurückgekehrt waren, sie ballte die Fäuste, sie verfluchte die Prüfung, auf die sie sich eingelassen hatte, sie verfluchte die Jungs und deren Boss. Worte, die sie zuvor noch nie gesagt hatte, schossen über ihre Lippen, Tränen liefen über die Wangen. Sie kämpfte gegen ihre Lähmung an und drängte sich unter Schmerzen an den Tanzenden vorbei und hinaus an den Strand, wo sie sofort in den Sand fiel.

Die tropische Hitze auf der Insel überdauerte die Nacht. Endlich kam die Morgendämmerung und mit ihr eine frische Brise vom Meer.
Vogelgesang von ungewöhnlicher Lautstärke durchbrach die Stille, Geckos riefen, Insekten schwirrten, Blüten öffneten sich, Blätter glänzten im Morgenlicht.
Der Jubel für den Anbruch des Tages und des ersten Sonnenlichtes brachen über Ella hinweg, so dass sie davon erwachte und sich spontan erhob. Sofort spürte sie einen feinen Messerstich im Rücken. Vorsichtig legte sie ihre Hände auf die ehemalige Bruchstelle der Wirbel, sehr langsam machte sie einen ersten Schritt,   dann einen zweiten, der Schmerz war da, verwandelte sich aber in ein dumpfes, erträgliches Pochen. Nun schaute sie sich um und stellte fest, dass sie sich am Strand vor ihrem

Hotel befand. Hier musste sie eingeschlafen sein. Sie bewegte sich langsam auf das Gelände des Hotels zu und ging über den Rasen zum Pool, dessen glatte Wasseroberfläche unberührt dalag. Vorsichtig ließ sie sich in das Becken hineingleiten, um den Schmerz weiter zu beruhigen. Sanftes Wasser perlte über ihre Haut und trug sie schwimmend über die Oberfläche.

Dabei fiel ihr Blick wieder über den Pool hinaus zum Strand auf den ruhigen Ozean und auf die Gestalt eines Mannes, der sich geschmeidig und leichtfüßig durch den Blätterschatten in das morgendliche Licht hinein bewegte. Am Saum des Strandes weitergehend schien er am Radius der Welt entlang zu balancieren, bis er vor dem Blau des Ozeans innehielt.

Wind verfing sich in der weißen Kleidung und in den schwarzen Haaren, doch der Mann stand nun in ruhiger und entspannter Haltung vor der weiten Wasserfläche und schaute hinaus und hinein ins Nirgendwo da draußen.

Etwas Strahlendes und Kristallklares umgab ihn und verlieh der Umgebung zusätzlichen Glanz.

Sogleich spürte Ella einen inneren Impuls, ihm zuzuwinken oder ihm sogar entgegenzugehen, aber er schien in eine unerreichbare Ferne gerückt zu sein.

Darum tauchte sie kurz unter und schwamm weiter ihre Bahnen.

Der Ozean rauschte noch kurz in den Morgen hinein, aber bald überdeckte der Tag das Geräusch der Wellen mit seiner Geschäftigkeit, mit dem Trubel und der Unruhe der Urlauber, mit Lachen, Rufen, Gekreische, mit fernem Motorenlärm und mit Musik, die in der Nacht laut aufgedreht wurde.

Ella machte sich erneut auf zur Diskothek nahe am Strand und übertanzte den erneut aufkommenden Rückenschmerz.

Erst zur Zeit des nächsten Sonnenaufgangs legte sich Stille über den Ort, und nach einer durchtanzten Nacht begab sich Ella wieder hinaus in den Garten und zum Pool, um ihre Wirbelsäule im Wasser zu beruhigen. Zudem hatte sie erfahren, dass der seltsame Mann am Strand ein Priester vom nahegelegenen Tempel war. Er ginge immer frühmorgens zum Wasser, um dort zu meditieren, hieß es.

Der Garten lag unberührt im ersten Licht, weiße Blüten lagen verstreut auf der Rasenfläche, erste Insekten flogen auf, Tauben putzten ihr Gefieder. Das klare Wasser im Pool lag noch unbewegt. Ella tauchte hinein, zerschnitt die glatte Oberfläche mit ihren Schwimmzügen und ließ sich vom Wasser tragen.

Am Strand vor den aufschlagenden Wellen meditierte tatsächlich der Priester vom nahegelegenen Tempel. Er saß dort versunken auf dem sandigen Boden.

Neugierig verließ sie das Becken, trocknete sich kurz ab, knotete ihren Sarong fest um sich und näherte sich einer unsichtbaren Kraft folgend der Gestalt vor den Wellen. In kurzer Entfernung setzte sie sich zu ihr in den Sand.

Augenblicklich tauchte sie in einen klaren, unsichtbaren Lichtkreis ein, ein Gefühl von Leichtigkeit durchzog sie, zusätzlich wärmten sie milde Sonnenstrahlen, ihre Augen schlossen sich langsam.

Das gleichmäßige Brechen der Wellen beruhigte ihren Atem und zerschlug ihre Gedanken.

Das zurückfließende Wasser zog sie in ihre innere Tiefe.

Sie konnte noch spüren, dass sich der Priester erhob und an ihr vorbeiging. Dann tauchten Bilder und Szenen vor ihren geschlossenen Augen auf:

Strahlen einer aufgehenden Morgensonne fielen auf das graugrüne Wasser eines Bassins, auf dessen Oberfläche einige Lotusblüten schwammen. Tücher aus dünnem Leinen lagen neben den Stufen, die ins Wasser führten.

Eine junge Priesterin im weißen Gewand goß frisches Wasser aus einem Tonkrug in eine Trinkschale, daraufhin hielt sie diese Schale mit beiden Händen der Sonne entgegen, sprach einige Worte zum Licht, ließ die Schale mit dem von der Sonne gesegnetem Wasser zurück auf ihre Herzebene gleiten, drehte sich von der Sonne weg zu der nun vor ihr liegenden Steintreppe, die hinauf zu den Räumlichkeiten des Pharaos führte.

In einem bestimmten Rhythmus erstieg sie die Stufen ohne einen Tropfen des heiligen Wassers zu verlieren, sicher schritt sie den Gang zwischen den Säulen entlang bis zum Gemach des Pharaos. Dort setzte sie die Schale vorsichtig auf einen niedrigen Marmortisch neben seinem Lager ab. Es war ein Morgentrunk bestehend aus Sonnenenergie, der ihn weckte.

Danach begab sie sich zurück zum Beckenrand, wo sie auf den Pharao wartete.

Mit seinem Erscheinen ging die Sonne nochmals auf, er bewegte sich mit großer Leichtigkeit, die Stufen kaum berührend, hinunter zum Bassin, das Gesicht der Sonne zugewandt. Auf der untersten Stufe hielt er inne und blickte mit Funken sprühenden Augen ins erste Tageslicht.

Nun bewegte sich die Priesterin zu ihm hin und nahm ihm sein Gewand ab. Dabei glichen sich ihre Bewegungen den seinigen an, so dass daraus eine Bewegungseinheit entstand. Es schien, als löse sie mit ihm im Licht auf.

Größere Wellen umspülten bereits Ellas Füße, Wind war aufgefrischt, aber sie blieb auf der sandigen Unterlage sitzen und fiel wieder in die ägyptische Zeit zurück.

Denn plötzlich befand sie sich in den Gängen und Kammern unter einer Pyramide. Sie war selbst die junge Priesterin, die den Morgentrunk für den Pharao bereitgestellt hatte, und sie spürte Angst in sich aufsteigen. Die Kälte der groben Steinquader ließen sie frieren. Weder Licht noch Laut drangen zu ihr, sie hörte nur die Geräusche der eigenen Schritte und der Hände, wie sie an den Wänden entlang tasteten.
Sie suchte den Ausgang aus dem unterirdischen Labyrinth der Pyramide.
Der Weg durch das Labyrinth galt als Voraussetzung für das Erlangen der nächsthöheren Stufe einer Priesterin. Es war eine Prüfung.
Eine Begegnung mit dem Tod.
Sie hatte diesen Weg gewählt, daraufhin hatte der Pharao sie in das Labyrinth geschickt.
Inzwischen war das Licht, welches sie bei sich getragen hatte, erloschen, der Wasserkrug geleert, ihre Kräfte waren ermattet, die Sinne verwirrt, die heiligen Worte vergessen, die Zuversicht zerschlagen. Zweifel an sich selbst und an ihren Weg

hatten sie ergriffen und zersetzt, Unglauben führte tiefer in die Dunkelheit.

Die Dunkelheit führte sie in die Ausweglosigkeit und in die nächste Kammer, wo sie sich mit letzter Kraft, aber auch aus Angst und Wut gegen das Gemäuer warf und mit den bereits blutenden Händen auf die Steine einschlug. Endlos lange hämmerte sie gegen die Wand. Ihre Kräfte ließen nach.

Aus Angst und Wut verfluchte sie zuerst den Weg durch das Labyrinth.

Dann verfluchte sie die göttliche Sonne.

Und bis zu den letzten Atemzügen verfluchte sie den göttlichen Pharao.

Eine starke Welle riss Ella vom Strand ins Wasser, eine weitere Welle warf sie zurück und in die Gegenwart.

Einige Urlauber hatten sich bereits auf ihren Badematten niedergelassen, redeten und lachten, andere schlenderten an ihr vorbei, einheimische Hunde suchten nach Essbarem, ein Obstverkäufer näherte sich.

Schnell erhob sie sich, zog den nassen Sarong fester um sich, eilte zurück in die Gartenanlage und verschwand im Getümmel des Tages.

Aber nach einer weiteren gegen den Schmerz durchtanzten Nacht und einigen Schwimmzügen im

Pool, stand sie im ersten Sonnenlicht vor den brechenden Wellen am Strand. Beunruhigt durch die im Inneren aufgestiegenen Bilder und Szenen hoffte sie auf eine Begegnung mit dem Priester.

In der Ferne erkannte sie seine Gestalt. Eine unsichtbare Kraft veranlasste sie nun, auf diese Gestalt zuzugehen.

Das weiße Gewand des Priesters flatterte im Wind, das schwarze Haar steckte unter einem gebundenen Tuch. Leichtfüßig und dem Licht zugewandt kam der Priester näher. Ein sanftes Lächeln lag auf seinem Gesicht und strahlende Augen schauten ins Blau. Eine unsichtbare Schutzmauer schien ihn zu umgeben. Aber Strahlen aus seinem Herzen durchbrachen diese Mauer und schossen in ihr Herz.

Sie lächelte ihm entgegen. Sie stand vor ihm.

Das Leuchten seiner Augen blendete ihre Augen.

Reines Licht floss von ihm zu ihr.

Ewiges Jetzt flackerte auf.

Sie stand still mit ihm im gleißendem Licht.

Da nahm er ihre Hände und hielt sie in den seinigen.

Er lächelte wissend, nickte verstehend, blinzelte nochmals, löste seine Hände und ging weiter.

Frieden erfasste ihr Sein, eine innere Schwere zog sie auf den sandigen Boden und zurück in die Vergangenheit.

Wieder befand sie sich in der Abgeschiedenheit und Dunkelheit der Kammer unter der Pyramide.

Wieder tauchten Angst, Wut und Verzweiflung auf.

Aber dieses Mal sank sie nur erschöpft auf den Steinboden und sagte:

„Meine Liebe für die Sonne strahlt.

Meine Liebe für den Sohn der Sonne strahlt.

Meine Liebe strahlt.

Sie ist die Sonne. Sie erhellt meinen Schatten."

Sogleich wurde sie ruhig und sie spürte plötzlich die Wärme der Sonne durch das Gemäuer, sie erinnerte sich an das Lächeln des Pharaos, Liebe in seinen Augen.

Im Moment des herannahenden Todes setzte sie sich nun voller Frieden an die Steinwand, die ihr Halt und Geborgenheit gab. Ihr Rücken lehnte an den Quadern, die sich dichter an sie zu schmiegen schienen, so als seien sie lebende Wesen, und nun wurden sie wärmer, weicher, durchlässig, sie gaben nach. Die Materie der Steine begann sich aufzulösen und mit der Materie ihres Körpers zu vermengen. Sie atmete, die Materie atmete. Das Wesen, das sie war, bestand nun aus reiner Energie. Sie wurde eins mit den Steinen und dem Universum.

Langsam öffnete sich ein Spalt zwischen den Quadern, Licht schimmerte hindurch, eine Lücke entstand. Der Ausgang lag vor ihr. Sie trat hinaus ins Freie.

Ella schnappte nach Luft und riss die Augen auf, ein Ruck war durch ihren Körper gefahren. Eine größere Welle hatte ihre Füße erfasst. Hastig sprang sie auf, legte ihre Hände auf die Wirbelsäule und ertastete Wirbel für Wirbel. Dabei drehte sie sich vorsichtig in alle Richtungen, beugte sich vor und zurück. Jeder Wirbel machte mit, alle Wirbel spielten zusammen. Kein Messerstich dazwischen, kein dumpfes Pochen. Als Bilder vom Motorradunfall aufstiegen hielt sie inne und sie schaute Szene für Szene erneut an.

Sie erkannte, dass allein sie sich für die Prüfung entschieden hatte.

„Aha", sagte sie ruhig und atmete tief durch.

„Aha."

Dann blinzelte sie in die Sonne, winkte ihr zu und warf sich unbeschwert in die Wellen.

Ein neuer Tag lag vor ihr.